Bernd von Guseck

Deutschlands Ehre 1813

SALZWASSER
VERLAG

Bernd von Guseck

Deutschlands Ehre 1813

Unveränderter Nachdruck der Originalausgabe von 1864.

1. Auflage 2022 | ISBN: 978-3-75259-715-8

Verlag: Salzwasser Verlag GmbH, Zeilweg 44, 60439 Frankfurt, Deutschland
Vertretungsberechtigt: E. Roepke, Zeilweg 44, 60439 Frankfurt, Deutschland
Druck: Books on Demand GmbH, In de Tarpen 42, 22848 Norderstedt, Deutschland

Deutschlands Ehre.

1813.

Erster Band.

Deutschlands Ehre.

1813.

Historischer Roman

von

Bernd von Guseck.

> Nichtswürdig ist die Nation, die nicht
> Ihr Alles freudig setzt an ihre Ehre!
> Schiller.

Erster Band.

Leipzig,

1864.

Laßt brausen, was nur brausen kann,
In hellen, lichten Flammen!
Ihr Deutschen alle, Mann für Mann,
Für's Vaterland zusammen!
Und hebt die Herzen himmelan,
Und himmelan die Hände,
Und rufet alle, Mann für Mann:
„Die Knechtschaft hat ein Ende!“

E. M. Arndt.

Die Erhebung.

Erstes Kapitel.

Das neue Jahr — was wird es bringen? So fragen, wenn das heilige Fest der Weihnachten vorüber ist, viele Herzen in freudiger Hoffnung oder banger Besorgniß, wie ihr eigenes Wohl und Weh, oder das ihrer Liebsten und Nächsten sie bewegt; Wenige nur erheben den Blick über diese engen Kreise hinaus zu den höheren Interessen des Vaterlandes und der Menschheit, wenn nicht Weltereignisse ihren Wellenschlag, Alles überfluthend, bis in die ruhigsten Häfen und stillsten Buchten treiben, daß auch der Einzelne, der sich gern vom Allgemeinen zurückzieht, davon betroffen wird.

So vor fünfzig Jahren! Eine schwere Zeit, verhängnißvoll, wie kaum eine frühere, den fluchbeladenen dreißigjährigen Krieg ausgenommen, war über unser deutsches Vaterland dahingezogen, eine Zeit der Strafe für Jahrhunderte der Verschuldung — des Volkes an sich selbst, und der Kaiser und Fürsten an ihrem Volke! — Eine Zeit der Schmach, wie die Geschichte kaum ihres Gleichen kennt. O, möchte sie doch mit Flammenzügen unauslöschlich in des deutschen Volkes Gedächtniß leben, zur Warnung, um eine Wiederkehr ähnlicher Zustände zu verhüten, aber auch zum stolzen Bewußtsein der Erhebung aus so tiefem Elend! Der Markstein aber zwischen Deutschlands Schmach und Deutschlands Ehre war der Schluß des Jahres 1812.

Ein kalter Januartag war angebrochen. Der Wind, der seinen Strich tagelang festgehalten hatte, war nach Osten umgesprungen, hatte die Wolken, welche dick voll Schnee gehangen, zerstreut und den Himmel rein gefegt, so daß die Sonne endlich wieder einmal auf Wald und Flur schien. „Siehst Du, Luise, sie scheint doch wieder!" sagte der alte Förster, der seinen grauen Kopf aus dem Fenster steckte, zu dem Mädchen, das aus dem Stalle über den Hof kam. „Du glaubtest schon, sie könne gar nicht mehr scheinen. Es wird auch sonst wieder Sonnenschein geben, man muß nur frischen Muth behalten. Komm herein, ich will bald fortgehen."

Das Mädchen trat ein. Sie war für ihr Geschlecht ungewöhnlich groß und stark, und hatte auch männliche Züge in ihrem sonst nicht häßlichen Gesicht, nur etwas röthliches Haar, das in üppiger Fülle, sorgsam gekämmt und gescheitelt, um ihre Schläfe hing und hinten in einen dichtgeflochtenen Knoten zusammengelegt war. In dem Blicke ihrer dunkelblauen Augen, den sie auf den Vater richtete, hätte dieser die Bestätigung jener Neigung, Alles von der schlimmsten Seite anzusehen, die er ihr vorgehalten hatte, wahrnehmen können, er achtete jedoch nicht darauf, sondern forderte nur sein Frühstück. Sie trug die warme Brodsuppe auf, und Beide aßen sie langsam und schweigend.

„Ich dachte, es würde Thauwetter kommen,“ sagte der Förster, nachdem er das Seinige reichlich genossen hatte; „der Frost wird aber nun wohl noch eine Weile anhalten. Ich gehe nach Wedderin — hast Du Etwas an Deinen Liebsten zu bestellen?“

„Grüßen Sie ihn von mir,“ erwiederte das Mädchen gleichmüthig.

Der Vater lachte. — „Wer das hörte, müßte wirklich denken, Du hättest in Wedderin einen Bräutigam!“ sagte er. „Nun, mit dem alten

Lithauer hat's keine Gefahr, der ist nicht viel jünger als ich und nimmt Dich mir nicht weg — ich wüßte auch nicht, was ich ohne Dich anfangen sollte." Er nahm die Büchse von der Wand und hing seinen Dachs über; der schöne Hühnerhund, der am warmen Ofen gelegen hatte, stand auf, dehnte sich und sah mit klugen Augen auf den Herrn, der ihn noch nicht gerufen hatte. — „Und wenn ich fort bin, Luise," sagte der Förster, „so laß den Kopf nicht hängen, das bitte ich mir aus."

„Sie wissen, Vater, daß ich das in meinem Leben nicht thue," erwiederte die Tochter, ohne eine Miene zu verziehen.

„Ja, ja, ich weiß!" versetzte er, „Du machst es aber viel schlimmer — Du hältst Dich stramm und trotzest unserm Herrgott, schließest den Gram in Dich ein und machst Dich zu Schanden. Ich wollte lieber, Du weintest und klagtest Dich einmal aus, meinetwegen ein halbes Jahr, und dann käme wieder die liebe Sonne in Dein Gesicht."

„Ich trotze unserm Herrgott nicht, Vater," entgegnete sie. „Ich halte ihm nur stille, wie es im Liede steht."

„Recht so!" sagte der Vater und legte die Hand auf ihre Schulter. „Denke nur auch an den Vers, wo es heißt: Weil doch zuletzt ich werd' ergötzt mit süßem Trost im Herzen, da weichen alle Schmerzen." Er mußte sich abwenden, denn die Thränen stiegen ihm selbst in die Augen; rasch setzte er die Mütze auf, pfiff seinem Hunde und verließ die Stube mit einem barschklingenden „Adieu!" unter welchem er sein Gefühl verbergen wollte.

Die Försterwohnung lag im tiefen Walde, auf einer lichten Stelle am Rande eines Baches, der sich in vielen Krümmungen zu einem der größeren Seen hinzog, welche diesem Theile der Mark Brandenburg an der damals sächsischen Grenze eigenthümlich sind. In der Nähe des Försterhauses stand eine Gruppe von mächtigen Eichen, welche noch ihr braunes, verdorrtes Laub festgehalten hatten, um es erst abzuwerfen, wenn die Zweige wieder frisches Grün trieben. Der Forst umher war aber immergrüner Kiefernwald, wie er weit und breit das Land bedeckte, ein wohlgeschonter Schatz von Bauholz, dessen Werth nur das kundigste Auge zu würdigen verstand: es war königlicher Grund und Boden, aber selbst in Privatforsten sah man zu jener Zeit noch solche Bestände, während der Besitzer oft in bedrängten Verhältnissen lebte. Seitdem hat die steigende Industrie jene Schätze gehoben, wenn sie auch nicht immer den früheren Grundherren, die sie nicht zu benutzen verstanden, zu gut gekommen sind. Der Förster hatte sonst stets seine Freude an den mächtigen Stämmen, welche noch lange nicht überständig waren, und kannte die meisten, obgleich er kaum fünf Jahre hier angestellt war, welche das nächste Mal, wenn Befehl dazu kam, angeschlagen werden mußten. Heute schritt er aber in sich gekehrt auf dem schmalen Fußpfade durch den Wald; gegen Morgen war ein leichter Spurschnee gefallen, kaum daß das Auge des Alten hier und da instinctmäßig die Abdrücke, je vier, welche die Läufe des Wildes hinterlassen, verfolgte, aus deren Stellung und Eigenthümlichkeit der Waidmann sicher die Art der Fährte erkennt. Ihm lag das Schicksal seiner Tochter am Herzen. Wenn er einmal starb, was sollte aus ihr werden? Daß sie niemals heirathen würde, wußte er nur zu bestimmt; zum Dienen war sie nicht gemacht, sie hatte zu sehr ihren eigenen Kopf und konnte sich schwer fügen; mit ihrer Hände Arbeit sich ernähren — o ja! das ist jedem Menschen das Beste und macht ihm auch Ehre, aber womit sollte sich denn Luise durchhelfen? Auf Tagelohn gehen —? Und wenn sie krank wurde, wer nahm sich ihrer an? Sie hatte keinen

Verwandten mehr auf der Welt und leider auch wenig Menschen, die es gut mit ihr meinten, weil sie, wie die Leute sagten, zu stolz war. Guter Gott, das arme Mädchen zu stolz!

Andere Gedanken, welche damit in Verbindung standen, drängten sich dem Alten auf, und es mochten nicht eben wohlthuende sein, denn der Ausdruck seines braunen Gesichts, der ohnehin hart genug war, wurde immer grimmiger, und ein Fluch kam unwillkürlich über seine Lippen. Auf einem Baume vor ihm saß eine Krähe, welche bei seiner Annäherung krächzend aufflog, er nahm die Büchse von der Schulter und schoß den Vogel im Fluge mit der Kugel, daß er sich überschlug und, zum Tode getroffen, zur Erde flatterte. Es war ein Meisterschuß — aber der Alte schüttelte über sich selbst den Kopf. „Wenn's noch ein Franzose gewesen wäre!" murmelte er im Weiterschreiten, dem Hunde wehrend, der den geschossenen Vogel apportiren wollte.

Auf der nahen Landstraße, welche durch den Wald lief, hatte der Schuß ein Paar Pferde scheu gemacht, welche mit einem schweren Reisewagen langsam dahergezogen waren; man hörte das Poltern und Rasseln auf dem gefrorenen Boden, und der Förster, an den Graben des Weges tretend, erschreckte durch seine plötzliche Erscheinung die Thiere in ihrem Laufe von Neuem, daß sie zur Seite prellten und den Wagen sicher umgestürzt hätten, wenn der Waidmann nicht rasch entschlossen hinzugesprungen wäre und sie zum Stehen gebracht hätte. „Aber Schwager!“ rief er dem Kutscher auf dem Bocke zu, der sich nicht zu helfen gewußt hatte. „Wie kann man eine Leine verlieren!“

Er gab ihm den Zügel zurück und sah noch am Geschirr und an den Strängen nach, ob Etwas zersprengt sei — da bog sich aus dem Schlage des Wagens ein Frauengesicht und rief ihn an: „Darf man denn hier auf öffentlicher Landstraße schießen? Er hätte uns eine Kugel durch den Kopf jagen können!“

„Nach einer alten Krähe, liebe Madam! Menschen schieße ich nicht mehr!“ antwortete der Förster.

Die Dame warf ihm einen strengen Blick zu — „Halt' noch einen Augenblick, Kutscher!“ befahl sie, als dieser anfahren wollte. „Ist Er vielleicht im Dienste des Herrn von Neuhauß?“

„Nein, Madam. Ich bin königlicher Förster,“ gab der Alte Bescheid und richtete sich auf, denn das „Er“ verdroß ihn.

„Ist Wedderin noch weit?“ forschte sie, durch

diese Antwort und deren Ton etwas herablassender gestimmt.

„Eine starke Stunde, wenn Sie nicht zu langsam fahren.“ Damit legte der Förster militärisch grüßend die Hand an die Mütze und wartete nicht ab, bis er entlassen wurde, sondern überschritt die Landstraße vor den Pferden in schräger Richtung, um sich jenseit wieder in den Wald zu wenden. Erst im letzten Moment hatte er bemerkt, daß sich neben der Dame auch ein Herr im Wagen befand, der sich bei dem kurzen Gespräch ganz stumm verhalten hatte.

Zu diesem kehrte sich jetzt die Dame, während der Kutscher die Pferde wieder antrieb und nachträglich für ihren Exceß strafte, den sie nie begangen haben würden, wenn ihm nicht selbst vor Schreck über den Schuß der eine Zügel aus der Hand gefallen wäre. — „Das war Einer von meinen Stockpreußen!“ sagte die Dame zu dem schweigsamen Herrn im Fuchspelze an ihrer Seite. „Kann man sich eine größere Impertinenz denken, als seinen schlechten Witz mit der alten Krähe und daß er nicht mehr auf Menschen schießt!“

„Du hast die alte Krähe doch nicht auf Dich bezogen, ma chère?“ entgegnete der Herr trocken.

Sie verschmähte es, darauf zu antworten. —

„Diese Race ist selbst durch ein Jena noch nicht demüthig geworden!“ fuhr sie fort. „Der Kaiser ist noch viel zu schonend gewesen. Er hätte Preußen in Tilsit nicht blos auf die Hälfte reduciren, sondern ganz vernichten sollen. Ist Polen getheilt worden, warum nicht auch Preußen? Und hätte Er es damals in seiner Großmuth versäumt, so wäre im letzten Frühling die schönste Gelegenheit gewesen, den Fehler wieder gut zu machen: auf dem Durchmarsch nach Rußland, wer konnte Ihm wehren, wenn Er decretirte: die Dynastie der Hohenzollern hat aufgehört zu regieren, wie Er es mit den Bourbons in Spanien und Neapel, mit unserm Kurfürsten, mit dem Braunschweiger und Oldenburger gethan? Er hätte damit den Herd aller Umtriebe und Verschwörungen umgestürzt, welche ihr schwarzes Spiel gegen Ihn treiben.“

„Und wen hättest Du für den erledigten Thron von Preußen vorgeschlagen, ma chère?“ fragte der Herr ganz ernsthaft.

„Keinen Thron von Preußen mehr, mon ami!“ erwiederte sie. „Theilung des Landes für treue Anhänger oder Westphalen zum Kaiserreiche geschlagen und unsern Jerôme nach Berlin versetzt, als König von Brandenburg.“

„Ich fürchte, die Zeit dürfte nicht wiederkommen, diesen doppelten Fehler, wie Du sagst, gut zu machen,“ versetzte er.

„Glaube doch den lügenhaften alarmirenden Gerüchten aus Rußland nicht!“ entgegnete sie lebhaft. „Jeder, welcher von dort die geringste Nachricht hat, will sich wichtig machen und übertreibt. Der Kaiser wird auch dort siegen, wie überall! — Bist Du nicht auch davon überzeugt, Winneberg?“ — Er zuckte die Achseln unter seinem Fuchspelz und schwieg. — „Nun? Keine Antwort?“ rief sie. „Ich will doch nicht fürchten, daß Du auch abfällst?“

„Abfallen kann ich nicht, dafür hat ma chère schon gesorgt,“ erwiederte er. „Aber die feste Zuversicht, welche Dich für den Kaiser beseelt, kann ich nicht theilen. Ein ernster Unfall oder nur eine Bestätigung dessen, was man sich in die Ohren flüstert, und in ganz Deutschland brennt es lichterloh.“

„Ganz Deutschland!“ sagte sie spottend. „Wo ist Deutschland? — Mag hier und da ein kleines Feuer aufgehen, es wird schon gelöscht werden. Wir haben das Alles ja bereits bei uns erlebt! Denke an Katte, an den alten Emmerich, der erschossen worden ist und auf der Kuhweide verscharrt liegt, und an — Dörnberg!" der letzte Name schien ihr schwer zu werden. „Sind wir mit denen fertig geworden, so daß es seitdem still geblieben ist und unsere Truppen sich vortrefflich überall für ihren König geschlagen haben, gegen den tollen Schill, den Braunschweiger mit seinen Schwarzen, in Spanien, in Rußland, so werden wir auch mit Jedem fertig werden, dem's etwa wieder gelüsten sollte."

„Den Dörnberg haben sie nicht erschossen," versetzte der Gatte bedächtig. „Und daß der wiederkommt, sobald sich nur irgend eine Gelegenheit bietet, solltest Du auch wissen, da Du ihn ja persönlich kennst. Unsere Truppen sind gut, aber schlagen sie sich etwa in Rußland für den König, den sein Bruder beleidigt und nach Hause geschickt hat? Höre nur unsern Ferdinand darüber reden!"

„Ferdinand ist Officier in der Garde-du-Corps des Königs, und wird Nichts sagen, was seinem Herrn despectirlich ist!" entgegnete die Dame. „Freilich schlagen sich unsere Westphalen in Rußland für ihren König, wenn sie dem Kaiser seine Schlachten gewinnen helfen, denn das Interesse der Brüder des Kaisers, wie seiner Verwandten und aller Fürsten des Rheinbundes, ist von dem ihres Herrn und Protectors nicht zu trennen.

Nur durch Ihn sind sie geworden, was sie sind, — mit Ihm stehen und fallen sie!"

Der Gatte wagte auf diese energische Rede seiner Gemahlin Nichts zu erwiedern, nur ein leichtes Achselzucken, das sie nicht bemerkte, gab seiner abweichenden Meinung Ausdruck. Sie schwieg nun auch und klagte nur von Zeit zu Zeit über den abscheulichen Weg, der immer neue Krümmungen machte, statt geradeaus zu bleiben.

„Bruchland!" warf der Gatte ein.

„Warum trocknet man es nicht aus, führt Dämme, gerade Wege hindurch!" rief sie. „Hier sollte Napoleon's Wille schalten! — Ich fange überhaupt an, diese Winterreise zu bereuen. Am Ende verfehlen wir doch unsern Zweck, wenigstens hätten wir die schöne Jahreszeit abwarten sollen, statt uns acht Tage und mehr auf diesen gefrorenen Wegen rädern zu lassen."

„Wenn uns der Vetter hätte versprechen können, auf uns zu warten, Emma, so hätten wir wohl unsere Reise verschieben können," entgegnete er. „Aber der Tod wartet auf keinen Menschen und wir waren es unseren Kindern schuldig, hier Nichts zu verabsäumen, sonst wären seine schlesischen Verwandten darüber hergefallen, wie die hungrigen Raben. Ihr Schlesier hängt zusammen, wie die Kletten. Hoffentlich finden wir ihn aber noch am Leben und — dispositionsfähig."

Frau von Winneberg seufzte. Der Weg krümmte sich von Neuem um das entsetzliche Bruchland, das mit seinen kahlen Erlengruppen immer größere Buchten vom festen Boden abschnitt. — „Ist das nicht wieder der Jäger mit seinem weißen Hunde?" rief die Dame aus dem Wagen schauend. „Wahrhaftig! Er hat unsere Schneckenpost überholt!"

Der Kutscher, dessen Ehre dadurch angegriffen war, kehrte sich auf dem Bocke zurück: „Er ist den Richtsteig gegangen — quer durch den gefrorenen Sumpf! Wir werden auch gleich da sein — da liegt ein Dorf und dort ist der See."

In geringer Entfernung zeigte sich die spiegelblanke gefrorene Fläche eines großen Sees, auf welcher der Wind nur einzelne Streifen des gefallenen Schnees gelassen hatte, am Ufer lag ein gedrängtes Dorf mit seinen Hütten, und aus der Mitte ragte ein hohes spitzes Dach auf; das mochte wohl das Herrenhaus sein. „Schön sieht es hier nicht aus!" bemerkte Frau von Winneberg. „Gott gebe, daß sich die weite Reise belohnt!"

Es war das Rittergut Wedderin, wohin auch der alte Förster vom Königsluch, — so hieß das

Forsthaus — unterwegs war. Er schritt rüstig aus, als er den Wagen bemerkte, den er auf dem nähern Fußpfade durch das Weichland, das jetzt trug, überholt hatte, und gelangte wohl eine Viertelstunde früher an das Ziel. Das Herrenhaus von Wedderin, von den Bauern das Schloß genannt, war ein langes einstöckiges Gebäude, mattgelb angestrichen, mit einem überaus hohen, in scharfem First zusammenlaufenden Dache, das weder schön, noch stattlich war; es umschloß mit seinen Ställen und Scheuern einen großen viereckigen Hof, in dessen Mitte ein massives Hühnerhaus mit einem thurmartigen Aufsatz für die Tauben stand. Zwei Röhrbrunnen, symmetrisch aufgestellt vor den Ställen zur Rechten und Linken der Einfahrt, welche unter dem Heuboden hindurch führte, und ein gewaltiger Düngerhaufen, der Stolz des Landwirths, bekundeten den vorherrschenden Sinn für das Praktische, zum Ersatz für den fehlenden Geschmack. Es war keinem fremden Auge zu verdenken, wenn es ohne Behagen sich auf dem Hofe zu Wedderin nach etwas Ansprechendem umsah; der alte Förster jedoch kannte es nicht anders und fühlte sich stets wohl, wenn er in den Hof und das Haus trat, dessen Besitzer ihm besonders freundlich gesinnt war und ihn oft zu sich hereinkommen ließ, um mit ihm eine Pfeife zu rauchen und von alten, besseren Zeiten zu plaudern.

Auf dem Flur, der mit rothen Ziegelsteinen gepflastert war, kam ihm gleich der Mann entgegen, den er eigentlich heute aufgesucht hatte; ein alter Mann, gleich ihm, aber noch rüstiger, von untersetztem Wuchs, mit breiten Schultern und einem blatternarbigen Gesichte, das durch ein Paar kleine, ungemein lebhafte Augen und eine kräftige Nase einen eigenthümlich kühnen Ausdruck erhielt. „Nun, Freund Drobisch!“ rief er dem Förster entgegen. „Was führt Dich denn so früh schon her?“

„Deine Liebste läßt Dich grüßen, Kurnatis!“ erwiederte der Förster.

„Ja, wenn's nur wahr wäre! Mit der Liebsten meine ich; daß sie mich grüßen läßt, glaube ich schon. Nun, Spaß muß sein. Ich gehe nach der Stadt, Zeitungen und Briefe holen — willst Du zum Herrn?“

„Ja! Ich habe ihm eine verteufelte Geschichte zu melden, die mir gestern Abend ein Fuhrmann, der aus dem Sächsischen herüber kam, auf der Landstraße erzählt hat. Die Russen sollen doch wieder geschlagen sein und die Reise wieder vorwärts gehen; neue Durchmärsche sind drüben angesagt, und es heißt, ein großes Corps sollte Preußen besetzen. Der gnädige Herr hat vielleicht bessere Nachrichten von seinem Neffen."

„Wir haben lange Nichts gehört," erwiederte der Diener, der, wie sein Name Kurnatis verrieth, ein geborener Lithauer war. „Vielleicht bringe ich heute Etwas mit. Der gnädige Herr sagte, daß in letzter Zeit wieder Couriere von Deinem alten York in Potsdam angekommen seien, und wunderte sich schon, daß keiner ihm einen Brief mitgebracht hat."

„Wird der commandirende General, wenn er Depeschen an seinen König zu schicken hat, bei jedem Lieutenant anfragen lassen, ob er einen Brief an Herzmuttern oder Onkeln mitgeben will?" entgegnete der Förster barsch.

„Nun, nun!" versetzte Kurnatis lachend. „Ich habe zwar nicht unter Deinem Alten gedient, aber es sind doch schon Briefe aus Kurland mit derselben Gelegenheit angekommen. Soll ich Dich melden?"

„Ja, mache nur! Ihr bekommt gleich Besuch von einer alten Dame, der ich die Pferde vor der Carrete scheu gemacht habe. Ich möchte den

Herrn eher sprechen, sonst komme ich nicht mehr vor.“

Der Lithauer ging und kehrte gleich mit der Antwort zurück, daß der Förster nur hereinkommen möge. Es war das Studirzimmer, in welchem er den Gutsherrn fand; das Studirzimmer eines märkischen Landedelmannes, gewiß eine seltsame, fast unmögliche Zusammenstellung. Die Benennung war auch nicht officiell, sondern sie rührte von den Bauern her, welche die Stube mit Büchern, in der sie fast immer ihren Gutsherrn, als wäre er ein Pastor, trafen, wenn sie irgend ein Anliegen zu ihm führte, seine Studirstube genannt hatten. Auch heute fand der Förster Drobisch den Herrn von Neuhauß unter seinen Büchern, mit denen mehrere große Schränke und Repositorien gefüllt waren, gewiß auch eine Merkwürdigkeit im schloßgesessenen Adel der Kurmark Brandenburg, der von Alters her kein Freund vom Bücherstaube gewesen ist, sondern die Feldluft und, wenn irgend sie wehte, die Kriegsluft vorgezogen hat. Herr von Neuhauß mochte aber für seine Vorliebe wenigstens die Entschuldigung haben, daß sein gebrechlicher Körper ihm versagt hatte, den Degen zu führen. Er war ein kleiner, etwas verwachsener Herr, mit einem feinen, blassen Gesicht und klugen Augen, deren Blick zuweilen so durchdringend war, daß Mancher sein Auge vor ihm senkte, in der Besorgniß, daß er die Gedanken bis auf den Grund der Seele lesen könne.

„Nun, Drobisch," redete er den Förster an, als dieser über seine Schwelle trat, „der Kurnatis hat mir Ihre Nachrichten schon gemeldet, ich kann Ihnen aber sagen, daß sie nicht wahr sind. Drüben in Sachsen wird der Franzosenschwindel noch viel protegirt, und das gutmüthige Volk, das Alles glaubt, was ihm von sogenannten Einsichtigen gesagt wird, läßt sich damit hinhalten, um seinen Widerwillen gegen die fremde Wirthschaft, die auch Sachsen das Mark aussaugt, noch zu unterdrücken. Die Sache kann aber nicht mehr lange dauern, dann wird es Tag werden überall."

„Es war aber mit solcher Bestimmtheit eine Schlacht genannt worden und der Ort, wo sie vorgefallen ist, und daß sie wieder Front gemacht haben und avanciren!" wandte der Förster ein.

„Französische Lügen, wie immer, und leider durch deutsche Sclavenseelen weiter befördert! — Alter Freund!" setzte Herr von Neuhauß rasch hinzu, indem er dem Waidmann die Hand reichte, „Sie werden das, von mir zu Ihnen gesprochen, sicherlich nicht auf sich beziehen? Wir Beide kennen uns doch! Sie, ein Veteran vom Jägerregiment! Seien Sie also guten Muths, vielleicht höre ich heut' Etwas von meinem braven Jungen, denn es ist, wie mir aus Potsdam geschrieben worden, von Ihrem alten Commandeur ein Adjutant mit Depeschen beim Könige angekommen, und wiewohl darüber Nichts verlautet, werden doch die wichtigsten Aufschlüsse erwartet. — Ein rascher Entschluß und Alles ist gut."

Seine Aufmerksamkeit wurde jetzt durch den einfahrenden Wagen abgelenkt, von welchem zu erwartenden Besuch ihm der Lithauer auch schon des Försters Aeußerung wiederholt hatte. „Haben Sie die Dame nicht gekannt?" fragte er den Alten. Dieser verneinte es. Neuhauß schüttelte den Kopf und blickte durch das Fenster. Plötzlich rief er erstaunt: „Winnebergs!" und zu dem Förster sich wendend, sagte er: „Nun, Drobisch, wir sprechen ein ander Mal mehr davon. Wenn ich Etwas erfahre, schicke ich den Kurnatis zu Ihnen; Sie sollen der Erste sein, dem ich es zu wissen thue, denn Sie sind ein treuer Mann!" Er gab ihm nochmals die Hand, und ging dann seinen Gästen entgegen, während Drobisch seinen Ausgang durch die Hinterthür des Hauses nahm.

„Der Cousin! Wahrhaftig, frisch und gesund — wir fürchteten, Sie noch leidend zu finden! Was sagen Sie zu diesem Ueberfall?“ rief Frau von Winneberg und bot dem Vetter ihre Wange zum Kuß dar. Dieser hieß sie gastfrei willkommen und umarmte auch den Gemahl der Dame, welcher den Besuch mitten im Winter gewissermaßen entschuldigte: es sei der Wunsch gewesen, durch Erfüllung eines längst gegebenen Versprechens sich zugleich von seinem Befinden zu überzeugen, da die Nachrichten in letzter Zeit nicht zufriedenstellend geklungen, auch habe man die Winterszeit benutzt, weil man da auf dem Lande besser abkommen könne und es gerade jetzt eine Art von Windstille sei, von der man nicht wisse, wie sie endigen werde.

Neuhauß wies diese Erklärungen lächelnd mit der Frage zurück, ob er glaube, daß er ein Menschenfeind geworden sei, der sich über den Besuch seiner nächsten Verwandten nicht mehr freue, und führte Beide in sein Zimmer, wo sie sich erst auswärmen sollten, während die Gastzimmer für sie eingerichtet wurden. Als er ging, sich selbst davon zu überzeugen, wechselte Frau von Winneberg mit ihrem Gatten einen bedeutungsvollen Blick. Beide verstanden sich. Hier war vor der

Hand zwar noch keine Aussicht, daß der Fall, der sie in seinen Folgen beunruhigt hatte, in nächster Zeit eintreten werde, aber nach der Freundlichkeit zu schließen, mit welcher sie aufgenommen worden waren, mußte die Reise doch ihre guten Früchte tragen. Frau von Winneberg war Neuhauß' nächste Verwandte, ihr Gemahl hatte früher in preußischen Diensten gestanden und war mit ihm in jüngeren Jahren genau bekannt und befreundet gewesen, so hatte sich zwischen ihnen, auch nachdem Winneberg bei der Reduction der Armee nach dem Frieden von Tilsit in seine hessische Heimath zurückgekehrt war, eine Verbindung durch gelegentlichen Briefwechsel erhalten, in welchem Neuhauß zuweilen den Wunsch ausgesprochen, seine Verwandten einmal wiederzusehen. Ein Brief gegen Ende des vorigen Jahres, welcher über seine Gesundheit beunruhigende Mittheilungen enthalten, hatte das Ehepaar zu dem raschen Entschlusse gebracht, den längst beabsichtigten Plan einer Reise nach der Mark auszuführen, wobei sie zugleich ihren jüngsten Sohn, der auf der nun westphälischen Universität Halle studirte, überrascht und dort nicht die angenehmste Entdeckung gemacht hatten, daß er nämlich sehr gefährliche Grundsätze eingesogen! Die Mutter hatte ihn darüber ernstlich verwarnt, ohne sich der Hoffnung hingeben zu dürfen, ihn bekehrt zu haben — er hätte sollen auf einer rheinischen Universität oder wenigstens in Leipzig studiren, wo noch nie preußische Luft geweht hatte, wie in Halle. Sie war mit ihrem Gemahl auch schon einig darüber, daß er nach Ablauf des Semesters seine Studien hier nicht fortsetzen dürfe.

„Wie lange haben wir uns nicht gesehen, Winneberg?“ fragte Herr von Neuhauß, als er wieder bei seinen Gästen eintrat, die es sich am wohlthuenden Kaminfeuer unterdessen bequem gemacht hatten. „Ich weiß es noch ganz genau. Es war lange vorher, ehe Du das Esponton in die Ecke gestellt hast. Kannst Du Dich dessen erinnern?“

Winneberg wußte nur, daß es vor dem unglücklichen Kriege gewesen war. — „Richtig!“ erwiederte Neuhauß. „Es war, als Du einem glücklichen Kriege entgegen zu gehen glaubtest, nämlich bei der Mobilmachung von 1805, weißt Du, in Potsdam, als Kaiser Alexander dort bei unserm Könige eintraf, um sich am Grabe Friedrich's des Großen ewige Freundschaft zu schwören. Du hattest die Wache an diesem Tage, und ich besuchte Dich dort.“

„So lange ist es her? Das hätte ich nicht geglaubt!“ rief Frau von Winneberg, welche das Gespräch aus dieser bedenklichen Richtung ablenken wollte. „Sieben Jahre! Wir leben nun beiderseits in unserer Ruhe, wo es sich doch immer am Besten lebt. Es war schon längst mein sehnlichster Wunsch, mir einmal das Hauswesen des Herrn Cousins anzusehen, der so beharrlich ein Célibataire geblieben ist und sich dabei nach seiner Versicherung wohl fühlt. Vielleicht gelingt es mir, noch jetzt Ihre Abneigung vor den Frauen zu erschüttern — lächeln Sie nicht so maliciös, Cousin! Nicht durch meine Person, sondern durch die Ueberzeugung, die Sie von unserm Glück in der Ehe gewinnen sollen.“

„Diese habe ich schon durch Winneberg's Briefe, liebe Cousine,“ versetzte Neuhauß mit seinem Lächeln, das recht fatal werden konnte. Es hatte mit den Jahren noch an Ausdruck zugenommen. Er fragte dann, ob sie sich denn bleibend auf ihrem Gute niedergelassen, da sie doch sonst den Winter in Kassel zugebracht und sich dort sehr gefallen hätten. — „Ist Ihr Herr König vielleicht erkältet aus Rußland zurückgekommen, so daß die ganze Hofgesellschaft darunter leiden muß?“ fragte er.

„Wir haben schon den vorigen Winter auf unserm Gute verlebt," erwiederte die Winneberg gleichmüthig. „Sie wissen, unser Ferdinand steht bei der Garde-du-Corps, wir konnten uns also dem Hofe nicht ganz entziehen, wurden aber des geräuschvollen Treibens bald überdrüssig und sehnten uns nach Stille."

„Ja, ja, ich weiß!" sagte Neuhauß, und zu dem Manne sich wendend. „Dein Sohn steht bei der westphälischen Garde-du-Corps — Du hast bei der preußischen Garde gestanden! Nimm es mir nicht übel, Vetter, ich begreife das nicht! Wenn Alles richtig gewesen wäre, so hätte sich kein deutscher Edelmann gefunden, der von diesem Comödiantenkönig ein Patent in seiner Garde-du-Corps angenommen hätte!" — Er sagte das mit einer gewissen Heftigkeit, gleichsam wider Willen hingerissen, und schien nun selbst betroffen darüber.

„Aber, theuerster Cousin" — entgegnete Frau von Winneberg hoch erröthend.

„Verzeihung, meine gute Cousine! Verzeihung, Vetter!" sagte Neuhauß, indem er Beiden die Hände reichte. „Ich beleidige Euch in meinem eigenen Hause, fast im Augenblicke des Wiedersehens! Ich weiß es ja recht gut, daß es zwingende Verhältnisse giebt, gegen die man sich nicht auflehnen kann, und was in Eurem neugeschaffenen Königreiche vorgeht, darf man nicht mit der alten deutschen Elle messen. Rechnet es meinem Einsiedlerleben zu, daß ich nicht einmal die gewöhnlichsten Regeln der Gastfreundschaft mehr befolgen kann. Ich habe hier fast keinen Umgang, als mit den Todten dort" — er zeigte auf die Reihen seiner Bücher — „und diese reden eine andere Sprache mit mir, als die Welt sie gut heißt. Denke ich gar an das Unglück meines Vaterlandes und die Urheber desselben, so kocht mir das heiße Blut über, ohne daß ich es hemmen kann. Bist Du mir böse, Vetter?"

Winneberg drückte ihm ergriffen die Hand, und seine Gemahlin rief: „Wir verstehen Sie vollkommen! Geht uns denn nicht das Unglück selbst zu Herzen? Bin ich nicht eine geborene Preußin und fühle mit Schmerz Alles, was hier geschehen ist und noch geschieht? Wenn ich daran denke, wie ich mich verheirathete vor fünfundzwanzig Jahren: der hochselige König war nicht längst zur Regierung gekommen, zwei Jahre, glaub' ich, war der alte Fritz erst beigesetzt — wer hätte damals geglaubt, daß Preußen jemals so weit kommen würde!"

„Ich trauere um Preußen freilich zuerst," er=

wiederte Neuhauß ernst. „Aber ich trauere auch um unser ganzes deutsches Vaterland und seine tiefe Erniedrigung!“ Vor seinen großen braunen Augen, welche er dabei auf seine Cousine richtete, mußte sie die ihrigen senken, denn eine Ahnung des Geistes, der in seinen Worten lebte, ging in diesem Moment auch durch ihre Seele, wie wenig sie auch geschaffen war, sich ihm zu erschließen.

Zweites Kapitel.

Das Unglück des deutschen Vaterlandes! Wohl mußte es schwer auf jedem Gemüthe lasten, das über der eigenen beschränkten Existenz und ihrer Sorgen noch einen Sinn für Deutschlands Ehre hatte. Deutscher Nation Herrlichkeit, welche einst leuchtend über ganz Europa gestrahlt hatte, war freilich schon seit Jahrhunderten erblichen. Bald nach Karl dem Fünften, in dessen Reiche die Sonne nicht unterging, hatte sich in Deutschland die traurige Zersplitterung in viele hundert unmittelbare Reichsstände, welche die Kaiser einer früheren Zeit, theils aus Schwäche, theils ihrer selbstsüchtigen Hausinteressen wegen, nicht verhütet hatten, bitter gerächt, und die Macht wie das Ansehen des Reiches untergraben. Schon hatte Frankreich den „ersten

Raub an Deutschland" verübt; dann war der grauenhafte Krieg von dreißig Jahren gekommen, welcher die Blüthe, den Wohlstand, die sittlichen Grundlagen des Volkes auf lange Zeiten erschüttert hatte; Deutschland war zum Gespött Europa's geworden, als es duldete, daß „die Hand des Fremden" ihm schöne Gebiete mit dem Schwert, andere durch brutale Gewalt mitten im Frieden entriß und seine blühendsten Gefilde in Wüsteneien verwandelte — aber auch diese Zeit der Schmach, welche ihm Ludwig der Vierzehnte bereitet, hatte noch überboten werden sollen! Der Erbe der Revolution, der sich zum Kaiser der Franzosen aufgeworfen, hatte Deutschland unter seine Füße getreten, weil es nicht einmüthig gegen ihn im Kampfe gestanden; das deutsche Land jenseit des Rheins war schon von Frankreich, ehe er den Thron bestieg, zu anderm Raube früherer Zeiten: — zu den drei lothringischen Bisthümern, zu Elsaß, Burgund, dann ganz Lothringen, Belgien, Niederland geschlagen worden; Er warf Oesterreich nieder, welchem Preußen nicht beistand, kettete die süddeutschen Fürsten an sich, und sprengte durch den Rheinbund unter seinem Protectorat das beinahe tausendjährige Reich. Der letzte deutsche Kaiser nahm nur dessen Krone mit sich und übertrug sie auf sein Erbland; deutsche Kurfürsten nahmen Königskronen von Napoleon's Gnaden an und halfen ihm den letzten Widerstand deutscher Mächte gegen sein Joch brechen! Jetzt wurde Preußen zu Boden geschlagen, die Monarchie Friedrich's des Großen, die Armee, „auf deren Schultern," wie ihr königlicher Feldherr einst gesagt, „das Reich sicherer geruht, als der Erdball auf den Schultern des Atlas!" Auf die Hälfte seines bisherigen Länderumfangs gebracht, mit einer unermeßlichen Kriegsschuld belastet, sein Heer auf ein Sechstel der Stärke, mit welcher es in den Krieg gegangen war, durch das Machtgebot des Siegers herabgesetzt, die Festungen als Kriegspfand in den Händen der Franzosen, welche sich auch freie Straßen durch das Land vorbehalten, bis auf das Mark erschöpft und ausgesogen, nur seiner Ohnmacht wegen auf die Fürsprache des Zaren noch von Napoleon in der Reihe der Staaten geduldet: das war Preußen 1807. Noch einmal dann erhob Oesterreich, das schon drei unglückliche Kriege gegen den Weltbezwinger geführt, sein Panier, und die Freiheit Europa's, wie der Erzherzog Karl in seinem Aufrufe sagte, hatte sich unter dies Panier geflüchtet. Der Moment schien günstig, denn der unersättliche Eroberer war in

Spanien beschäftigt, das widerstrebende Volk, das sich in Waffen gegen den aufgedrungenen König Joseph, Napoleon's Bruder, erhoben hatte, niederzuschlagen — auch regte sich in Deutschland schon ein Geist des Widerstandes gegen die fremde Knechtschaft, deutsch gesinnte Männer, die an der Zukunft des Vaterlandes und seiner Rettung nicht verzweifelten, hatten mit Waffen des Geistes schon Bahn gebrochen im Volke für eine Wiedererweckung aus stumpfsinniger Betäubung, tapfere Führer schon das Schwert gezückt, wenn auch bis jetzt noch gegen die Uebermacht sieglos. Darum richteten sich Aller Augen jetzt auf Oesterreich, und siehe! nach anfänglichem Mißgeschick errang der Kaisersohn Karl einen Sieg über den Meister der Kriegskunst: Napoleon wurde zum ersten Male geschlagen. Aber seine Zeit war noch nicht erfüllt. Sechs Wochen später waren seine Adler bei Wagram für die Niederlage von Aspern gerächt — ein schneller Friede folgte, und schmachvoller fast, als die Länderabtretungen, die er bedingte, war es, daß eine Kaisertochter aus Habsburgs uraltem Hause ihre Hand dem Unterdrücker ihres Vaterlandes, dem Advocatensohn aus Corsika, wenn er auch gekrönter und gesalbter Kaiser der Franzosen und König von Italien war, reichen mußte. Seitdem war Deutschland wehrlos seiner Willkür überantwortet. Der Rheinbund mit seinem königlichen Collegium von vier Königen und vier Großherzogen, nebst dem Fürsten Primas und der Fürstenbank, auf welcher dreißig Souveraine saßen, war dem hohen Protector unbedingt dienstbar; deutsche Truppen hatten gegen Oesterreich gekämpft und ihrer Soldatenehre dabei manchen schönen Preis errungen, der sie an die französische Waffenbrüderschaft knüpfte, die heldenmüthige Erhebung der Tyroler für ihr Kaiserhaus war durch Deutsche niedergeschlagen worden, deren Feldherrn Napoleon dafür zum Grafen des französischen Reiches ernannte und ihm eine reiche Dotation ehemals österreichischen Grundeigenthums verlieh; deutsche Krieger mußten für die Sache Napoleon's in Spanien kämpfen. Hatte er dort und in Holland Königskronen an seine Brüder vergeben, seinen Schwager Murat auf den Thron von Neapel gesetzt, so war er auch mit deutschem Lande besiegter oder vertriebener Fürsten für seine Familie freigebig gewesen. Dem jüngsten Bruder, Jerôme, hatte er aus preußischen, hannoverschen, braunschweigischen, hessischen und mehreren kleineren Gebieten ein neues Königreich, Westphalen, geschaffen, siebenhundert Quadratmeilen mit zwei

Millionen Einwohnern, eben so ein neues Großherzogthum Berg, fast halb so groß, aus vielen schönen und blühenden Ländertheilen zusammengesetzt, anfangs für seinen Schwager, als dieser aber für Joseph, der nach Spanien kam, König von Neapel wurde, für den noch minderjährigen Sohn seines Bruders Ludwig, den Prinzen Ludwig Napoleon — den jetzigen Kaiser der Franzosen, welcher die „Napoleonischen Ideen" noch heute nicht aufgegeben hat. Westphalen und Berg wurden französische Musterwirthschaften zur Ausbeutung und Zähmung des deutschen Volkes. Da war das Land in Departements, Arrondissements und Communen unter Präfecten, Sous-Präfecten und Maires getheilt, und wurde nach französischem Mechanismus mit Beseitigung alles deutschen Rechts und Herkommens verwaltet; die Macht der Präfecten war deutschen Begriffen unverständlich, ihre Willkür unerträglich. Was der Kaiser seinem Neffen zur Richtschnur gab, als er ihm das Großherzogthum Berg verlieh, drückt die ganze Consequenz des Weltreichs, das er aufzurichten gedachte, unzweideutig aus: er solle immer eingedenk sein, daß er die erste Pflicht ihm, dem Kaiser, die zweite Frankreich und die letzte erst dem ihm anvertrauten Volke schuldig sei. Dasselbe hatte er auch seinem Stiefsohne Eugen Beauharnais, den er zum Vicekönig in Italien ernannt, mit klaren Worten eingeschärft. Es war in der That nur das Verhältniß botmäßiger Vasallen zu einem unumschränkten Oberhaupte, in welchem die Könige, die er eingesetzt hatte, so wie alle Fürsten des Rheinbundes, zu ihm standen, er verfügte nach seinem Ermessen über Gut und Blut ihrer Völker. Aber nicht blos durch diese neuen Staaten seines Hauses suchte er Deutschland willenlos an Frankreich zu ketten, das französische Kaiserreich selbst wurde, immer wachsend, mit deutschem Lande vergrößert. Nicht zufrieden mit dem linken Rheinufer, das nie, seit der Vertrag von Verdun vor mehr als tausend Jahren die karolingischen Länder getrennt, zu Frankreich gehört hat, griff Napoleon hinüber zur Weser, zur Elbe, bis an die Ostsee: Bremen, Hamburg, Oldenburg, Lübeck wurden französisch, im Herzen Deutschlands, in dem gesegneten Thüringen, war das alte Erfurt eine kaiserlich französische Stadt, wo Napoleon der Welt in einem Congresse mit Alexander von Rußland, der sein Freund geworden, das Schauspiel seiner Macht gegeben hatte, umringt von Königen und Fürsten, die ihm huldigten. Weiteren Uebergriffen stand Nichts im Wege, denn „Frankreich“, hatte schon früher Talleyrand im Uebermuth der Gewalt erklärt, verachtet wie das Meer eitle Dämme und setzt sich seine Grenzen selbst!" Welcher deutsche Fürst, auch unter denen, welche ihre Königskronen von Napoleon's Gnaden trugen, war seines Besitzes sicher, wenn der Gebieter anderweit darüber verfügen wollte? Nur die unbedingte Hingebung an seine Interessen gewährte noch eine gewisse Bürgschaft. In solcher Erniedrigung sah man die Fürsten der einst mächtigsten Nation — noch entsetzlicher lastete die Fremdherrschaft auf dem Volke! Jede freiere Regung des alten Heldengeistes, oder nur der Abneigung gegen das Joch wurde verfolgt, französische Spione überwachten überall die Gesinnung, und — schmachvoll zu sagen! auch feile deutsche Seelen ließen sich zu diesem niederträchtigen Handwerk im Dienste der fremden Polizei gegen ihre Brüder gebrauchen, der Knechtsinn machte erschreckende Fortschritte unter dem Volke, die Schmeichelei und Speichelleckerei gegen den Kaiser überstieg alles Maß — zur ewigen Schande hat die Geschichte Beispiele genug davon aufbewahrt! Alles Nationalgefühl schien in der Masse erstorben zu sein, nur die Sonderinteressen, der deutschen Stämme alter Fluch, machten sich bei diesen, die schnödeste Selbstsucht bei den Einzelnen bemerkbar, wozu freilich auch das materielle Elend und die Noth viel beitragen mochte. Von einer kleinen, über ganz Deutschland verbreiteten Zahl hochgesinnter Geister nur wurde das heilige Feuer, durch welches einst nach langer Nacht wieder helles Licht über dem Vaterlande aufgehen sollte, still und vertrauensvoll gehütet. Wenn das aber auch voll Verheißung war, wo sollten in der entscheidenden Stunde die Kräfte, die Mittel zum letzten Vernichtungskampfe herkommen? Die meisten deutschen Länder hatten durch die Kriege unendlich viel gelitten, vor allen Preußen — und von Preußen mußte doch, das sahen alle Verständigen ein, der Feuerstrahl ausgehen, welcher den noch vorhandenen Zündstoff auflodern ließ. Dort lebte noch im Volke der Grimm gegen die Franzosen, von welchem in anderen deutschen Ländern wenigstens bei der Masse Nichts zu finden war, weil keins auf eine solche Weise gedemüthigt worden, keins so viel gelitten hatte. An dem Willen zur Rache fehlte es in Preußen nicht, aber eben weil das Land wie kein anderes unter der Last und den Folgen des Krieges gelitten hatte, schien es fast unmöglich, daß es sich in einen neuen Kampf, der ihm den Untergang drohte, stürzen könne.

Preußen hatte die französischen Heere fast anderthalb Jahre lang erhalten müssen, es war durch die Erpressungen der französischen Generale und Officiere, durch die schamloseste Raubgier des fremden Verwaltungspersonals, und die Aufbringung der Millionen, welche an Frankreich gezahlt werden mußten, an den Rand des Verderbens gebracht worden; große Landstriche des fruchtbarsten Bodens blieben wegen Mangels an Saatkorn unbestellt, und wie das Elend immer Seuchen im Gefolge hat, waren auch furchtbare Krankheiten ausgebrochen, welche die geschmolzene Bevölkerung noch mehr geschwächt hatten. Woher also, trotz aller Bestrebungen, die Wehrhaftigkeit unbemerkt von den lauernden Franzosen wieder zu stärken, woher die Streitkräfte und vor Allem die Kosten zur Ausrüstung eines Heeres nehmen, da die Staatskassen leer waren und der König selbst das reiche Gold- und Silbergeschirr seines Hauses, um die Kriegsschuld an Frankreich abtragen zu helfen und dadurch die Räumung seines Landes von den Franzosen zu beschleunigen, verkauft hatte? Der Blick auch nach der einzigen Seite, von wo ein neuer Aufschwung für das unglückliche deutsche Vaterland kommen konnte, war getrübt, und es gehörte eine starke Seele dazu, an seiner Rettung nicht ganz zu verzweifeln, selbst nach den neuesten Nachrichten über den Rückzug Napoleon's aus Rußland, welche sich immer mehr verbreiteten, freilich aber auch oft mit ungläubigem Lächeln aufgenommen wurden.

So von Herrn von Winneberg, gegen welchen sein Vetter, weil er bei ihm als einem alten preußischen Officier gleiche Gesinnung voraussetzte, im vertrauten Gespräch nach Tisch sein Herz ausgeschüttet hatte. Beide saßen zusammen in Neuhauß' Zimmer, während Frau von Winneberg nach dem ungewöhnlich frühen Aufbruch des letzten Reisetages und den Anstrengungen der ganzen Winterreise einen langen Mittagsschlaf hielt. Neuhauß hatte mit glühenden Worten von dem tiefen Fall und der Herabwürdigung des Vaterlandes gesprochen, und bitter den Gang der Ereignisse, Schlag auf Schlag und Schuld auf Schuld, verfolgt, welche denselben herbeigeführt hatten; die Ausdrücke, welche er dabei gebrauchte, waren oft so stark, daß Winneberg auf seinem Lehnstuhl unwillkürlich bebte, wenn ihm die Möglichkeit einfiel, daß selbst in dieser abgelegenen Einöde der Verräther lauschen könne. Was der Vetter sagte, klang dem Unterthanen des Königs von Westphalen so übertrieben! Er hatte von alledem zu

Hause so wenig wahrgenommen, daß er das Meiste nur für eine Ausgeburt der erhitzten Phantasie eines Bücherwurms ansah, für welchen Neuhauß unter den bücherfeindlichen Officieren seiner Bekanntschaft von jeher gehalten worden war. Da hatten ihm die dicken schweinsledernen Herren, welche ihn hier umgaben, von Karl dem Großen und Friedrich Barbarossa erzählt, da sah man auch verdächtige Schriften neuesten Datums liegen, die bekannten rothen Umschläge der „Feuerbrände" — und offen aufgeschlagen, als ob es gar keine französische hohe Polizei gebe, „Deutschland in seiner tiefsten Erniedrigung," die Unglücksschrift, für deren Verlag der Buchhändler Palm auf Napoleon's direct aus Paris gekommenen Befehl schon vor dem preußischen Kriege erschossen worden war. Daraus mochte der exaltirte Vetter wohl seine fürchterlichen Schilderungen geschöpft haben. Was er zum Schlusse über die Stunde der Erhebung gegen den fremden Tyrannen sagte, klang geradezu hochverrätherisch, und die bangen Zweifel, die er dann wieder über die Kraft zur Durchführung des großen Werkes äußerte, konnten diesen Eindruck nicht mildern. Gleichwohl durfte man ihn, wie Frau von Winneberg, trotz ihrer entschiedenen Gesinnung für den Helden des

Jahrhunderts, den Großen, den Unsterblichen, ihrem Gemahl eingeschärft hatte, nicht durch einen Widerspruch reizen: der Zweck der jahrelang unterhaltenen, jetzt leider als höchst gefährlich erkannten Verbindung, der gehoffte Erfolg dieser schauerlichen Winterreise wäre dadurch in Frage gestellt, vielleicht ganz vereitelt worden. Man wußte ja, daß die schlesischen Vettern nicht müßig waren; man wußte, daß er einen derselben, der jetzt mit beim Yorkschen Corps in Rußland war, ganz besonders lieb hatte — um so dringender war es geboten, ihn bei günstiger Stimmung gegen seine nächste Verwandte, welche eben Frau von Winneberg war, zu erhalten. In ihren jungen Jahren, wo sie sehr schön gewesen war und in den höheren Kreisen Berlins eine glänzende Rolle gespielt hatte, glaubte sie sogar eine verschämte heimliche Neigung ihres Vetters zu ihrer Person bemerkt zu haben, deren Erinnerung hoffentlich nicht ganz in seiner Seele erloschen war. Auf die Nachrichten über seinen schwankenden Gesundheitszustand, welche immer bedenklicher klangen, hatte sie geglaubt, keinen Augenblick säumen zu dürfen: zu ihrer Ueberraschung hatte sie ihn jetzt ganz wohl gefunden, wie solche körperlich und geistig aufgeregte Naturen — heut' zu Tage würde man sie nervös nennen — stets bedeutenden Schwankungen unterworfen sind. Hätte sie das geahnt, so wäre die Reise wohl bis zum Frühling verschoben worden, aber sie war eine energische Frau, welche vom Erwägen gern rasch zur That kam. Diese erforderte nun vor allen Dingen Klugheit. Aus den Reminiscenzen früherer Zeit — wenn sie nur an seinen Zorn über den Frieden Anno 95 dachte! — wie aus den Auslassungen in seinen Briefen, welche nur durch die Adresse an den zu Kassel als höchst loyal bekannten Major von Winneberg vor Durchspähung gedeckt waren, wußte die Dame seine sogenannten patriotischen Ideen genugsam zu würdigen; man mußte diese Schwäche schonen, und sie hatte ihren Gatten, der zum Glück — für diesen speciellen Fall! — ziemlich lau über die Vorzüge der neuen Herrschaft in Westphalen dachte, schon unterwegs und noch jetzt, ehe sie zur Ruhe gegangen war, genau instruirt, seine paradoxen Ansichten nicht zu bekämpfen, sondern ihn ruhig reden zu lassen. Winneberg hatte denn auch, wie immer, ihren Willen genau befolgt, und das ungläubige Lächeln, das er sich über die Nachrichten aus Rußland erlaubte, war der einzige Protest gegen des Vetters gefährliche Reden gewesen. Er selbst hatte noch kurz vor Wedderin diese Nachrichten alarmirend genannt, war aber durch seine Gemahlin eines Bessern überführt worden: der Kaiser hatte freiwillig Moskau verlassen, um für seine siegreiche große Armee gute Winterquartiere zu suchen, nachdem die russischen Barbaren ihre eigene Hauptstadt verbrannt hatten, für sie selbst zum unersetzlichen Schaden!

Neuhauß bemerkte dieses Lächeln nicht, er saß in sich gekehrt, gleichsam erschöpft und erschüttert von seiner trostlosen Schilderung. Das Herz, das bis zum Brechen voll gewesen, war ihm übergeflossen gegen den Verwandten, den er, seit alle Hoffnungen jener Zeit ihres letzten Zusammenseins so furchtbar zusammengestürzt waren, nicht wiedergesehen hatte. Damals — wenn Preußen und Rußland schnell dem bedrängten Oesterreich zu Hülfe gekommen wären — hätte die kaum errichtete Kaiserherrlichkeit des Usurpators ein klägliches Ende nehmen können! Wie war es aber anders gekommen! Bei Winneberg's Anblick hatten sich alle diese Erinnerungen mächtig in dem treuen Vaterlandsfreunde geregt, der gerade in letzter Zeit sehr einsam gelebt und überhaupt so selten Gelegenheit hatte, sich gegen Gleichgesinnte auszusprechen. Nun war das geschehen, und er fühlte noch in seinem Innern die mächtige Bewegung, die ihn ergriffen hatte, schmerzlich auszittern.

„Du könntest eigentlich die besten Nachrichten aus Rußland haben!“ brach endlich Winneberg das Schweigen, das ihm drückend wurde. „Schreibt denn der —“ hier erschrak er über sich selbst und stockte, er war im Begriff gewesen, den gefährlichen Namen zu nennen, an welchen Neuhauß so wenig als möglich erinnert werden durfte.

„Der Hermann, meinst Du? Kennst Du den Hermann Lomnitz? Ich dächte, er wäre im Jahre Fünf noch nicht Officier gewesen.“

„Meine Frau sagte mir, daß Du bei dem York'schen Corps einen Cousin hättest,“ erwiederte Winneberg möglichst gleichgültig. „Bei welchem Regiment, fragte ich nicht — es ist also einer von den Lomnitzern?“

„Ja, ein Sohn des alten Valentin Lomnitz, der in jungen Jahren beim Regiment Gensd'armes gestanden hat — von seinen tollen Streichen wirst Du wohl noch in Berlin gehört haben. Der Hermann ist aber ein solider Junge von braver Gesinnung, er steht bei Prinz Wilhelm Dragonern, und das Loos traf ihn, mit nach Rußland zu gehen. Du weißt, daß die Officiere dazu gelooſt haben, weil von jedem Regiment nur zwei combinirte Schwadronen formirt wurden."

„Ich kann mir's denken, daß geloost werden mußte!" sagte Winneberg lächelnd. „Wenn es in's Feld geht, wollen Alle mit."

Neuhauß sah den Vetter starr an. — „Weißt Du nicht," fuhr er auf, „daß dreihundert preußische Officiere den Abschied genommen haben, als der König nothgedrungen die Allianz mit seinem alten Feinde hatte schließen und ihm seine halbe Armee gegen Rußland zusagen müssen? Viele davon sind in russische Dienste gegangen, und kämpfen lieber gegen ihre eigenen alten Waffenbrüder, als mit ihnen an der Seite der verhaßten Franzosen zu fechten! Das lobe ich nicht, denn sie kämpfen ja damit auch gegen ihren König, aber es zeigt, wie die Armee denkt. Geloost mußte freilich unter den Officieren der zum Ausmarsch bestimmten Regimenter werden, aber nicht, wie Du meinst, weil Jeder mit wollte, sondern umgekehrt, weil Keiner Lust hatte, sich für Napoleon zu schlagen. Denn für wen schlagen sie sich dort? Für Preußen, für Deutschland etwa?"

„Der Soldat fragt nur nach seiner Fahnenehre!" entgegnete Winneberg, um sich aus der Sache zu ziehen.

„Recht so! Ich bin nicht Soldat, sondern nur ein armer Krüppel von Jugend auf, aber ich weiß, was der Soldat für Pflichten hat. Auch sind unsere Truppen in Kurland und die zwei Regimenter, die Bonaparte bei der großen Armee behalten hat, ihrer Fahnenehre eingedenk gewesen, sie schlagen sich vortrefflich gegen die Russen, da ihnen der König nun einmal die Front angewiesen hat — nur muß man nicht verlangen, daß sich die Officiere zu der Franzosenkameradschaft drängen sollten. — Von Hermann habe ich lange Nichts gehört, vielleicht bringt mir der Kurnatis heut' einen Brief von ihm aus der Stadt mit."

„Dein Leibjäger?" fragte Winneberg, der jede Anknüpfung benutzte, das Thema zu verlassen. „Der Name klingt polnisch."

„Lithauisch, Herr Vetter!" berichtigte Neuhauß. „Er ist auch ein echter, geborener Lithauer, der beim Regiment Auer gestanden hat. Ein tüchtiger Mensch, wie ich der Armee viele wünsche, wenn sie einmal wieder wachsen darf. Es leben in allen Dörfern solche, aber leider noch nicht genug, noch lange nicht genug! Man hat mit zu raffinirter Perfidie danach getrachtet, uns zu lähmen, und hat die edlen Männer, welche dem abhelfen wollten, aus dem Dienste des Königs entfernt. Der Freiherr von Stein ist geächtet, der kluge Scharnhorst hat den Abschied nehmen müssen. Was Beide geschaffen haben, wird aber darum nicht zu Grunde gehen — Du kennst Scharnhorst's Krümpersystem?"

Winneberg wußte davon Nichts, und sein Vetter erklärte es ihm. Um die bestimmte Stärke von 42,000 Mann nicht zu überschreiten und dennoch im Lande eine Reserve von ausexercirten Mannschaften zu bilden, hatte Scharnhorst den Ausweg ersonnen, von den altgedienten Leuten eine Zahl — Anfangs nur zehn in der Compagnie, dann mehr — zu entlassen und für dieselben Rekruten einzustellen, dann wiederum nach deren Ausbildung, für welche eine kürzere Zeit in Anspruch genommen wurde, eine Entlassung von älteren Soldaten eintreten zu lassen und so fort. Diese Maßregel, der innern Organisation angehörig, um welche sich die Franzosen nicht kümmerten, war von ihnen, trotz all' ihrer Agenten und Spione, unbemerkt geblieben, weil sich — der Armee die Ehre! — kein gewesener Soldat, der Etwas von der Sache verstanden hätte, dem Feinde verkauft hatte.

Dem neuen Westphalen erschien es von seinem Standpunkte aus doch ein sehr gefährliches Spiel, seine Gemahlin würde es, wenn auch nicht gegen den Cousin, für einen Vertragsbruch unter sophistischer Beschönigung erklärt haben!

„Dein Lithauer ist wohl auch einer von diesen Reservemännern? Dann begegneten wir im Walde noch einem Förster, der ein ganz martialisches Ansehen hatte und uns beinahe ein Pferd vor dem Wagen todtschoß. —"

„Beide nicht," antwortete Neuhauß. „Mein Kurnatis ist ganz verabschiedet, ich stehe aber nicht für ihn, daß er mich verläßt, wenn es wieder einmal gegen die Franzosen zum Kriege kommen sollte. Der Förster, dem Du begegnet bist, wird das nicht mehr können: er ist wirklich Invalide und als solcher entlassen. Er hat beim Fußjäger-Regiment in Mittenwalde gestanden, welches York früher commandirte, und Du kannst denken, mit welchem Antheil er den Feldzug seines alten Chefs, der nun commandirender General geworden ist, verfolgt."

Ein leises Klopfen an der Thür unterbrach zu Winneberg's großer Erleichterung das Gespräch, an welchem er ohnehin wenig Behagen gefunden hatte, da es ihm stets dabei war, als gehe er auf unsicherem, glattem Eise, wo er jeden Augenblick fallen oder einbrechen könne. An dem Klopfen erkannte er seine Frau, sie steckte auch gleich, ohne die Erlaubniß abzuwarten, ihren Kopf in die Thür und ließ demselben ihre noch immer stattliche Figur folgen. Man konnte sie, trotz ihrer Jahre, die nahe an fünfzig streiften, noch immer eine angenehme Erscheinung nennen; ihre Augen hatten einen Theil des Feuers bewahrt, das einst manchen Schaden angerichtet hatte, ihr Teint war klar, den verblühten Rosen ihrer Wangen hatte die Kunst in sehr geschickter, wenig auffallender Weise einen Ersatz geschafft, ihre Hände zeigten unvergängliche Schönheit, und der Herbst des Lebens hatte über die ganze Gestalt der Dame weniger Fülle verbreitet, als sonst wohl zu geschehen pflegt, so daß sie noch eine gewisse Anmuth und einen leichten Gang besaß. Unter einem dichten Schleier in unbekannter Gesellschaft konnte Frau von Winneberg noch für jung gehalten werden, und sie verschleierte sich darum sehr gern. Heute nahm sie sich auch ohne Schleier, nachdem sie ausgeruht und Toilette gemacht hatte, gut aus.

„Die Herren sind so echauffirt?“ bemerkte sie, als sie in das von Tabaksrauch gefüllte Zimmer trat, wo sich Beide bei ihrem Eintritt erhoben. „Sie haben sich doch nicht gestritten?“

„Wie sollten wir!“ entgegnete ihr Gatte schnell, und Neuhauß setzte hinzu: „Wir denken über die Dinge, welche wir besprochen haben, ganz gleich, liebe Cousine.“

„Das freut mich, obwohl ich es nicht anders erwarten konnte“, erwiederte sie freundlich. „Sie bekommen noch mehr Besuch, mon cousin. Aus meinem Fenster, das Ihre Ringmauern überblickt, habe ich eine Cavalcade bemerkt, welche sich der Burg nähert: Herr und Diener, im langsamsten Schritt, der Herr mit einer leuchtend goldenen Tresse um die Mütze, zwanzig Schritt voraus, der Diener, wie sich gebührt, auf demselben Hufschlage folgend, Beide auf Schweißfüchsen mit breiten Blässen — offenbar Wagenpferden.“

Neuhauß lachte. „Das ist mein alter Gerhardt!“ sagte er. „Ihrer Beschreibung hört man es an, daß Sie Silhouetten schneiden können, Cousine. — Dort reiten sie ein. Es ist ein sächsischer Amtmann, ein treuer Freund und Nachbar, den ich sehr gern bei mir sehe. Wollt Ihr Euch nicht in die Wohnstube begeben, der Rauch hier muß der Cousine ohnehin lästig sein. Ich gehe, den alten Gerhardt zu empfangen, er mag hier erst aufthauen, dann bringe ich ihn herüber, er ist ein guter Gesellschafter, Cousine Emma, ein lustiges Haus."

Zu seiner Verwunderung sah er, daß der alte Freund und Nachbar, der sonst grundsätzlich nur Schritt ritt, sein Pferd plötzlich in Trab setzte, als könne er gar nicht erwarten, zu ihm zu kommen; das Pferd seines Begleiters — es war der Amtsfrohn, welcher stets mit ihm ausritt — setzte fast erschrocken über diese ungewöhnliche Hast sogleich an, um auf seinen Posten als Handpferd zu eilen, Frau von Winneberg hatte ganz Recht gehabt. Aber der Amtsfrohn, welcher Corporal bei dem kursächsischen Dragoner-Regiment Polenz gewesen war, zügelte es mit ruhiger Faust, ohne seinen Sitz zu verlieren, und erst, als sein Amtmann vor der Schloßthür anhielt, um abzusteigen, war er schneller aus dem Sattel und nahm dem Vorgesetzten das Pferd ab. — „Wir bleiben über Nacht, Rübler," sagte der Amtmann, „laß Er sich Hafer geben."

„Sehr wohl, Herr Amtmann," erwiederte der Amtsfrohn. „Aber die Frau Amtmann sagten —"

„Wenn ich gesprochen habe, Rübler," unterbrach ihn der Amtmann, „so ist alles Uebrige gleichgültig. — Guten Abend, mein bester Herr von Neuhauß!" rief er dem in der Thür erscheinenden Gutsherrn zu, indem er die goldbetreßte Mütze gegen ihn schwenkte. „Spät am Tage — aber mit meiner Nachricht hoffentlich nicht zu spät! — Nun, Rübler? Ist es Ihm gefällig?"

Der Amtsfrohn, welcher Neuigkeiten auch gern hörte, hatte absichtlich gezögert, die Pferde fortzuführen, konnte sich aber jetzt dem Gebot seines gestrengen Obern nicht mehr entziehen.

„Von Herzen willkommen, mein alter Gerhardt! Commilitone und Nachbar!" sagte Neuhauß, dem späten Gaste die Hand reichend. „Habt Euch lange nicht bei mir sehen lassen und bleibt hoffentlich, wenn es Eure Hausobrigkeit erlaubt, ein paar Tage in Wedderin! Bringt Ihr wirklich eine gute Nachricht?"

Der Amtmann nickte mit vielversprechender Miene und folgte dem Gutsherrn in sein Zimmer, wo er erst seinen Pelz abwarf, der großen Filzstiefel, welche er übergezogen hatte, sich entledigte, und dann aus der Brusttasche seiner Pekesche ein beschriebenes Blatt Papier zog: „Kennen Sie es schon — Nummer Neunundzwanzig?"

Neuhauß nahm das Blatt in Empfang und las es; Gerhardt weidete sich stumm an dem mächtigen Eindruck, welchen der Inhalt auf seinen alten Freund und ehemaligen Stubenburschen von Leipzig machte; er sah daraus, daß er ihm wirklich etwas Neues mitgebracht hatte. Es war das neunundzwanzigste Bülletin der großen Armee, datirt von Malodeczno, in welchem Napoleon der Welt, die er so lange mit lügnerischen Berichten getäuscht hatte, endlich die ganze Größe seines Unglücks in Rußland eingestand, um die neuen Forderungen, die er an seine eigene Nation, wie an die seinem Willen unterworfenen fremden Völker stellen wollte, zu rechtfertigen. Wer einen durchdringenden Verstand besaß, konnte noch viel mehr aus den Worten des Bülletins herauslesen, als mit Buchstaben darin geschrieben war.

Herr von Neuhauß las das Blatt zweimal durch, seine feinen Hände zitterten, in seinem blassen Gesichte machte sich die tiefe Bewegung seines Innern kund — dann fiel er plötzlich seinem alten Freunde um den Hals und drückte ihn, unfähig ein Wort zu sprechen, an die Brust. Das Gottesgericht in seiner ganzen Furchtbarkeit und Majestät war vor seiner Seele aufgegangen.

Drittes Kapitel.

Lange währte es, ehe die beiden Alten sich über die bisher noch bezweifelten Thatsachen genugsam ausgesprochen hatten, und Frau von Winneberg fand es sonderbar von dem Cousin, daß er sich mit einem sächsischen Amtmann, mochte er auch ein noch so lustiges Haus sein, von der Gesellschaft seiner Gäste und nächsten Verwandten absonderte. Endlich erschien er mit seinem Nachbar und treuen Freunde, wie er ihn genannt hatte, einem Manne in gebückter Haltung, mit einem echten Beamtengesichte, kenntlich an dem strengen Blick und der vorgeschobenen Unterlippe, kein Zug darin, welcher einen guten Gesellschafter verrieth, für welchen ihn der Vetter ausgegeben hatte. Die Präfecten in Westphalen hatten sich im Aeußern doch schon mehr nach französischem Schliff gebildet, wenn sie vielleicht auch härter und willkürlicher verfuhren, als dieser kleine sächsische Kreistyrann. Frau von Winneberg konnte jedoch diesen ersten flüchtigen Eindruck nicht durch nähere Beobachtung vervollständigen, ihr Vetter ließ ihr nicht Zeit dazu — kaum, daß er den Amtmann Gerhardt vorstellte, so rief er seinen Verwandten, von einem zum andern blickend, die Nachricht zu, welche er so eben erhalten hatte. Die große Armee, mit welcher Napoleon das letzte Reich, das noch unbezwungen in Europa stand, zu erobern gedacht, war vernichtet, in voller Auflösung begriffen — hier hatte man es Schwarz auf Weiß, im schönsten Französisch des Moniteur.

Wie versteinert stand Frau von Winneberg, ein Bild der Betäubung, ihr Mann! Sein Auge richtete sich dahin, wo er seit Jahren gewohnt war, die Richtung seines Geistes, Verhaltungsbefehle, Inspirationen zu empfangen.

„Lassen Sie mich das lesen, Cousin!“ bat die Dame endlich. Er reichte ihr das Blatt. Kaum hatte sie einen Blick darauf geworfen, als sie lebhaft ausrief: „Das ist ja geschrieben!“

„Eine verbürgte Abschrift, die ich heut' früh

von Dresden erhalten habe," versicherte der Amtmann.

„Und wenn Sie noch so sehr auf Ihre Bürgschaft trauen können, mein Herr Amtmann," versetzte die Dame, „wer bürgt Ihnen dafür, daß diese Abschrift unmittelbar vom Moniteur genommen ist? Es wird in der jetzigen Zeit, wo Alles auf den Ausgang jenes Riesenunternehmens gespannt ist, so entsetzlich viel Falsches und Erdichtetes in der Welt verbreitet, daß es wohl nicht so fern liegt, auch hier an der Echtheit dieser Schrift zu zweifeln."

„Die Echtheit spricht aus jedem Worte, Cousine!" nahm Neuhauß für den Freund, welchen der Einwurf Etwas beleidigte, das Wort. — „Jeder, der das liest, muß es für wahr annehmen — und wenn er ein deutsches Herz in der Brust trägt, sich darüber freuen!"

„Hunderttausende von Menschen!" sagte Frau von Winneberg mit einem Tone schmerzlichen Vorwurfs.

„Ja, Cousine, das ist eine furchtbare Anklage für den unersättlichen Ehrgeiz des Einen, der sie in den schauerlichen Untergang geführt hat!" erwiederte Neuhauß, der ihre Aeußerung nur in seinem Sinne auffaßte. — „Wie viel Deutsche mögen darunter sein! Aber so schmerzlich das für unser Vaterland, für ihre Familien ist, und die grausen Schicksale, die sie erduldet, wohl so entsetzlich sind, daß keine Zunge, keine Feder sie schildern kann — so sind sie doch als Opfer für das Höchste gefallen, für die Freiheit Deutschlands! Ohne diese Hekatombe wäre sie nimmer erreicht worden! Ehren wir also in Demuth die unerforschlichen Wege des Herrn, der ein Strafgericht auch über das deutsche Volk verhängt hat, um es aus tiefer Versunkenheit zu erwecken und zu erheben! Auf die Schreckensnacht wird der herrlichste Morgen tagen!"

Die Wahrheit mochte nun doch auch in die Seele der Frau von Winneberg leuchten, denn die stolze Frau konnte sich eines Schauers durch ihre ganze Gestalt nicht erwehren und sie wagte kein Wort mehr zu erwiedern. Amtmann Gerhardt berichtete nun ihrem Manne, welcher sich von dem ersten vernichtenden Schlage Etwas erholt hatte und Näheres wissen wollte, auf welche Weise er die Abschrift des Bülletins, das man ein weltgeschichtliches Ereigniß nennen konnte, von einem vertrauten Freunde aus Dresden erhalten hatte: dieser Freund, an dessen Wahrhaftigkeit gar kein Zweifel war, hatte das Blatt des Moniteurs selbst in Händen gehabt und das Bülletin abgeschrieben, zehnmal, wie er mit großer Freude gemeldet, um es zu verbreiten. „Napoleon muß es ja selber wünschen," setzte er hinzu, „sonst würde er es nicht haben drucken lassen. Freilich wohl mag er sich davon eine andere Wirkung versprechen, als sie bei uns in Deutschland sich zeigen wird. Bei seinen Franzosen kann wohl die Nationalehre, die sich tief gekränkt fühlt, den Durst nach Rache wecken und sie zur höchsten Kraftanstrengung entflammen — bei uns —? Ich denke, die Wuth über den schauderhaften Untergang unserer Söhne und Brüder wird sich nicht gegen die Russen, sondern gegen die Franzosen kehren! Was ging uns seine Feindschaft mit Rußland an! Wie er unsere Deutschen überall auf die gefährlichsten Punkte geschickt, um seine Franzosen zu schonen, wissen wir Sachsen schon aus dem österreichischen Kriege, und daß er's in Rußland mit allen seinen Alliirten so gemacht, darüber sprechen viele hundert Briefe, die in die Heimath gekommen sind!"

„Wie viel hat ihm Sachsen stellen müssen?" fragte Herr von Winneberg.

Gerhardt wußte es nicht. Die Geschichte aber hat es uns wohl aufgezeichnet, daß von der halben Million Streiter, welche Napoleon wie eine Völker=

fluth über den russischen Boden hat einbrechen lassen, nur etwa die Hälfte Franzosen gewesen und von der andern Hälfte aus allen Nationen Europas gemischt, über 200,000 Deutsche! Manchen interessirt es auch wohl, zu wissen, wie viel die einzelnen deutschen Staaten dem Gewalthaber, der über ihre edelsten Kräfte gebot, zu dem Kriege gegen Rußland stellen mußten. Preußen hatte seine halbe Armee, über 20,000 Mann, dahingegeben, Oesterreich 34,000, Baiern 30,000, Würtemberg 16,000, Westphalen 20,000, Sachsen 24,000, Darmstadt und Baden je 7000, Würzburg 2000, die kleineren Rheinbundsfürsten über 10,000 Mann, und bei Allen ungerechnet, was an Ersatz und Reserve nachgerückt war. Mit welcher empörenden Verachtung der neue Attila über seine Bundesgenossen dachte und wie er sie stets dreifach so viel, als seine Franzosen, zur Blutarbeit benutzte, beweist eine Aeußerung, die er bei persönlicher Verhandlung zu einem russischen Diplomaten gethan. Die Geschichte hat auch Das aufgezeichnet: „Wenn in dem Kriege zwischen uns von jeder Seite fünf Todte fallen,“ sagte er, „so verliert Ihr fünf Russen — ich verliere aber nur einen Franzosen und vier cochons!“ Es widerstrebt uns, den Ausdruck deutsch zu geben.

„Haben Sie selbst Söhne oder Brüder, wie Sie sagten, bei der Armee in Rußland?“ fragte Frau von Winneberg, welche ihre gewohnte Fassung mehr und mehr wiedergewonnen hatte.

„Ja,“ antwortete er, ohne sich weiter auszusprechen. Sie äußerte dann, daß auch von ihren Verwandten mehrere bei dem York'schen Corps seien, ein Vetter sogar bei dem Ulanen-Regiment, das mit nach Moskau gezogen sei, und daß von ihres Mannes Verwandten sehr viele bei der westphälischen Armee ständen, über deren Schicksal sie in Besorgniß schwebten. „Nicht wahr, mon ami, Du weißt genau, wie viel Truppen wir nach Rußland geschickt haben?“ fragte sie Winneberg. Er konnte wirklich alle Truppentheile, wenn auch nicht ihre Stärke angeben.

„Deinen Sohn hast Du wenigstens gerettet,“ sagte Neuhauß. „Die Schwadron der Garde-du-Corps ist, so viel ich gelesen habe, mit Eurem Hieronymus umgekehrt.“

„Ja wohl,“ erwiederte die Mutter, „und ich danke Gott dafür. Unserer schönen Armee wäre es aber besser gewesen, wenn der König, der ein Herz für sie hat, bei seinen Kriegern hätte bleiben können; Davoust's und Vandamme's Intriguen haben ihn aber beim Kaiser verleumdet, so daß seine Ehre es nicht länger duldete!"

Winneberg warf seiner Gattin, deren Vorliebe sie über die Grenzen der Klugheit hinauszuführen schien, einen ängstlichen Blick zu, welchen sie sogleich verstand. — „Ihr König, lieber Herr Amtmann," wandte sie sich an diesen, „wird nun wegen des Großherzogthums Warschau auch in große Verlegenheit kommen."

„Ach, wir Sachsen wollen froh sein, wenn wir die polnische Wirthschaft los werden!" erwiederte Gerhardt. „Sie war sehr kostspielig zu unterhalten und hat seit August dem Starken Nichts für uns abgeworfen. Ernsthaft zu reden, glaube ich wohl, daß der König Warschau verlieren wird, wenn es nachher an's Theilen geht, indessen für Sachsen ist das kein Unglück."

„An's Theilen!" wiederholte Frau von Winneberg. „Auch der Cousin sprach schon so zuversichtlich von der erreichten Freiheit Deutschlands! Ist sie denn schon erreicht? Erinnert das nicht stark an eine gewisse Fabel über die Theilung der Haut eines noch nicht erlegten Wildes."

„Sie ist noch nicht errungen, unsere Freiheit," rief Neuhauß und sein blasses Gesicht röthete sich mit edler Glut, „wir wissen auch sehr wohl, daß sie nicht ohne schweren Kampf auf Leben und Tod zu erringen ist! Wir kennen unsere Schwäche und schätzen die unermeßlichen Hülfsmittel, die unserm Todfeinde noch zu Gebote stehen, — in seinem eigenen gewaltigen Geiste die größten! — wahrlich nicht gering. Aber der Herr wird mit uns sein und wir werden in Ihm siegen!"

„Eine Armee wird er bald genug wieder auf die Beine bringen," sagte Gerhardt, „und was ich von unseren deutschen Potentaten weiß, so können sie es nicht abweisen, ihm neue Truppen zu stellen, wenn sie nicht feierliche Verträge brechen wollen. Mein allergnädigster Herr und König, das weiß ich bestimmt, aus bester Quelle! wird gewissenhaft mit deutscher Treue und Redlichkeit daran fest halten — erlauben Sie, Herr Nachbar, ich weiß, was Sie sagen wollen, lassen Sie mich nur erst ausreden! Eine große Armee bringt der Kaiser sicherlich bald wieder über den Rhein — aber wenn auch die Fürsten ihre Verträge halten und neue deutsche Contingente zu ihm stoßen lassen: die Stimmung in ganz Deutschland, die Aufregung im deutschen Volke durch die Nachrichten aus Rußland, welche wie eine köstliche Weihnachtsbescheerung gleich nach dem Feste einliefen und nun officiell durch ihn selbst bestätigt sind, das Alles ist doch zu feindlich, als daß er sich lange halten könnte. Freilich, lieber Herr von Neuhauß, muß ein Anstoß kommen — und leider fürchte ich —" hier unterbrach er sich, als nehme er Anstand, sein Mißtrauen, daß man dort, von wo der Anstoß allein gegeben werden konnte und mußte, zu einem so gewagten Schritte alsbald kommen werde, auszusprechen. Neuhauß verstand ihn nur zu wohl und konnte ihm nicht ganz Unrecht geben.

„Sie sprachen von der feindseligen Stimmung gegen den Kaiser," nahm die Winneberg das Wort. „Bei uns in Westphalen ist wohl eine solche nicht zu finden."

„O ja, gnädige Frau," versetzte Gerhardt. „Ich habe auch von dort die besten Nachrichten durch meinen Sohn, der zu Weihnachten bei mir war. In den ehemals preußischen Landestheilen gährt es überall —"

„Das mag sein, wir haben ja dort schon Etwas vor einigen Jahren erlebt, aber sonst?"

„Sonst auch! Einer vornehmen Dame drängen sich nur solche Dinge nicht auf. Werden denn die Braunschweiger ihren tapfern Herzog, der sie schon einmal mit seinen Schwarzen wieder besucht hat, vergessen? Werden die braven Hessen, wenn sie auch über Manches von ihren Fürsten zu klagen haben, wie den Menschenhandel damals nach Amerika, werden sie etwa mit der Franzosenwirthschaft im Lande und der Zucht am Hofe Jerôme's zufrieden sein? Und die Hannoveraner gar, die sich nicht schlecht befunden haben unter der alten Herrschaft — nein, gnädige Frau, in Ihrem Westphalen, wie bei uns in Sachsen und oben in Süddeutschland — lassen Sie nur einen Signalschuß von der rechten Stelle fallen, nur zwei Kosaken über die Elbe kommen, so sollen Sie Ihre Freude erleben!"

„Sie haben ja aus der ganzen Welt Ihre Meldungen," bemerkte Frau von Winneberg. „Ihr Herr Sohn wohnt also in Westphalen? Vielleicht Landwirth oder Kaufmann?"

„Keins von Beiden, er studirt noch in Halle," antwortete Gerhardt.

„In Halle!" wiederholte Herr von Winneberg lebhaft. „Ei, da ist ja auch unser jüngster Sohn auf der Universität! Wie kommt es aber, daß Sie als Sachse — nicht Leipzig oder Jena vorgezogen haben?"

„Hat seine Gründe, Herr Baron. In Leipzig hat mein Junge das erste Jahr studirt, es ist recht gut, wenn er seine Studien auf einer andern Hochschule fortsetzt, sie werden vielseitiger."

Damit war denn glücklich das Gespräch von den allgemeinen Weltinteressen, welche doch jeden der Anwesenden, wenn auch in verschiedener Weise, mächtig bewegten, auf Privatangelegenheiten gebracht, und Frau von Winneberg führte den Faden, den sie angeknüpft fand, mit wahrer Spinnengeschicklichkeit weiter. Neuhauß war schweigsam geworden, er blickte wiederholt in den sinkenden Abend hinaus, ob sein Bote, der heute ungewöhnlich lange ausblieb, nicht bald heimkehre. Ihm war, als müsse er ihm etwas Wichtiges mitbringen. Morgen gedachte er nach Potsdam zu fahren, um über die Verhältnisse, die ihm vor Allem am Herzen lagen, etwas Näheres zu ermitteln. Er hatte Verbindungen bis in die höchsten Kreise hinein, die er nur in letzter Zeit, verstimmt durch die Mittheilungen über die Politik, in welche Preußen gedrängt war, etwas vernachlässigt hatte. Jetzt, unter dem Einflusse der Katastrophe in Rußland, durfte er hoffen, dort vielleicht eine frischere Strömung der Luft zu finden. Vielleicht schon den Keim zu einem großen Entschluß! Preußens Corps war nicht mit in den allgemeinen Untergang der Heere Napoleon's verwickelt worden, es hatte zwar auch in den Kämpfen, die es tapfer bestanden, wie durch die Strapazen des Krieges gelitten, aber es war doch noch ein fester Halt von Kerntruppen; die andere Hälfte der Armee stand im Lande zur Verfügung, und was Scharnhorst's schöpferischer Geist für die Zukunft gerüstet, konnte nun — „Da kommt mein Lithauer!" sagte der Gutsherr, seine hochfliegenden Gedanken und das leicht fortgeführte Gespräch seines Freundes mit dem Winneberg'schen Ehepaare unterbrechend. Nur sein scharfes Auge hatte in der Dämmerung, welche schon tief eingebrochen war, die Gestalt seines eben einreitenden Boten zu unterscheiden vermocht. Er klingelte nach Licht, auch im Zimmer war es unvermerkt bereits ziemlich dunkel geworden.

„Wie lange haben Sie keine Nachrichten von dem jungen Lomnitz?" fragte der Amtmann.

„Graf Brandenburg hat mir die letzten mitgebracht, es sind, glaub' ich, schon sechs Wochen her —" mit dieser flüchtigen Antwort ging Neuhauß seinem Boten entgegen. „Nun, Kurnatis?" rief er noch im Hausflur, als er den Lithauer, der den Zügel seines Keppers draußen um den Lindenast geschlungen hatte, in die Thür treten sah. Seine Ahnung hatte ihn nicht getäuscht: „Ich bringe!" sagte Kurnatis und schwenkte schon den Brief in der Luft. „Mit dem Courier aus Lithauen gekommen — in Potsdam auf die Post gegeben!“

Herr von Neuhauß nahm schweigend den Brief in Empfang und eilte damit nicht in das Wohnzimmer zu seinen Gästen zurück, sondern in seine eigene Stube, wo er zitternd vor Erwartung mit fast versagenden Händen Licht anzündete. Rasch zerriß er den Umschlag des Briefes und entfaltete das grobe Blatt Papier, auf welchem mit schlechter Tinte nur wenige Zeilen geschrieben standen.

„Cantonnirungs-Quartier Nimmersatt bei Memel —“ der Datum fehlte, wie der ganze Brief in größter Eile hingeworfen schien. „Theuerster Onkel! Der Würfel ist gefallen — unser Alter hat den Franzosen den Dienst aufgekündigt — Convention mit den Russen, alle Feindseligkeiten eingestellt, wir haben Cantonnirungen bezogen; die Franzosen rennen unaufhaltsam weiter! Major Thile ist an den König geschickt, der König schlägt nun gleich los!“ Mehr konnte vor gewaltiger Aufregung der alte Mann nicht lesen — die Augen wurden ihm trübe, große Thränen rollten unbewußt über seine Wangen. Er hob beide Hände gefaltet zum Himmel empor und richtete ein stummes Gebet nach oben. Dann las er die beiden letzten Zeilen, welche Nichts von Bedeutung mehr enthielten, und ging nun, seinen Verwandten und dem treuen, gleichgesinnten Nachbar die Kunde zu bringen, deren Wichtigkeit seine kühnsten Hoffnungen überbot. Ja, der Würfel war gefallen!

„Gute Nachrichten?“ fragte Frau von Winneberg, als er eintrat. Sein Anblick beunruhigte sie.

„Ihr Freunde, der erste und gleich der entscheidende Schritt ist geschehen!“ rief er. „General York hat mit den Russen Waffenstillstand und eine Convention geschlossen!“

Hätte die Freifrau, Neu-Westphalin mit Leib und Seele, nicht Schminke getragen, so würde sie sich in diesem Augenblicke unrettbar verrathen haben, denn sie verfärbte sich unter ihren künstlichen Rosen, und das Blut trat ihr eiskalt zum Herzen. — „Mit Bewilligung Ihres Königs, wie sich's versteht?“ fragte Gerhardt, der in dieser neuen wichtigen Kunde nur die natürliche Entwickelung der Dinge sah, wie sie nach dem, was seine Nachricht bestätigt, folgen mußte.

Neuhauß hegte seine Zweifel, aber er sprach sie nicht aus. Der Brief seines Neffen ließ es zweifelhaft, ob York mit Vorwissen des Königs gehandelt hatte. Aber schien es möglich, daß ein preußischer General auf eigene Verantwortung wagen würde, sich von den Verbündeten seines Kriegsherrn zu trennen, wenn er nicht wenigstens eine geheime Instruction gehabt hätte? Daß York vor nicht allzu langer Zeit den Major Grafen Brandenburg herein geschickt und bittere Beschwerden über die Behandlung seines Corps von Seiten des Marschalls Macdonald, welcher den Oberbefehl über die Truppen auf jenem Theile des Kriegsschauplatzes führte, erhoben, daß er zugleich die Lage der großen Armee, freilich nach russischen Nachrichten, geschildert und für eintretende Fälle um Verhaltungsbefehle gebeten hatte — wußte Neuhauß: er hatte das auf vertraulichem Wege erfahren; ob dem Feldherrn aber bestimmte Befehle zugegangen waren, hatte er nicht ermitteln können. Was seitdem vorgefallen war, zu erkunden, war er durch seine Krankheit verhindert worden. — Die Anderen, besonders Winneberg, faßten aber die Nachricht nur als eine entschiedene Kundgebung Preußens für den Bruch mit Napoleon auf, und kein anderes Gespräch konnte im Laufe des Abends aufkommen, bis die kleine Gesellschaft sich ziemlich spät trennte.

Sobald das Winneberg'sche Ehepaar in seinem Schlafzimmer allein war, stellte sich die Dame vor ihren Mann hin und schlug ein Gelächter auf.

„Du spielst eine pitoyable Figur, mon ami!" sagte sie. „Thust Du doch, als hättest Du die zwei Kosaken, mit denen mich der Sachse zum Fürchten machte, schon gesehen!"

„Aber wenn das Alles wahr ist, ma chère?" erwiederte er kleinlaut. „Das Bülletin, der Abfall Preußens?"

„Und wenn es wahr ist, so wird der Kaiser sich von diesem Unfall größer und furchtbarer wieder aufrichten, so wird Preußen, das kleine ohnmächtige Preußen, verloren sein! — Nimm Dich zusammen, mon ami! Wir dürfen uns keine Sorgen darum machen, bis zu uns kommt der Krieg nicht! Bedenke doch selbst: Frankreich mit seiner ganzen ungeheuern Uebermacht, Italien, Spanien, der Rheinbund, Dänemark, Schweden, Oesterreich, das durch unauflösliche Bande an den Kaiser geknüpft ist, und dagegen das arme kleine Preußen, von den Russen, welche froh sind, ihr eigenes Land von der Invasion befreit zu sehen, gewiß nur schwach unterstützt! Es ist lächerlich, nur einen Moment an dem Ausgange zu zweifeln. Wagt Preußen wirklich in seiner Verblendung, dem Löwen, den es entkräftet glaubt, den Handschuh hinzuwerfen, so wird es ganz allein in seinen eigenen Grenzen die ganze Schwere und das Unglück des Krieges zu tragen haben, ich beklage das, denn es bleibt doch immer das Land, wo ich geboren bin — indessen, meine specielle Heimath, Schlesien, ist doch auch nur seit sechzig, siebzig Jahren durch Gewalt des Eroberers an Preußen gefallen und wird jedenfalls bei dem Arrangement nach der jetzigen Krise wieder unter seinen alten Scepter zurückkehren, ich habe also kein großes Interesse, mich über das Schicksal Preußens zu betrüben. Unsere Interessen, mon ami, sind andere, als die der hohen Politik, wir dürfen sie nicht aus den Augen verlieren. Du siehst doch, daß unser cher cousin zu dem berüchtigten Tugendbunde gehört! Das verwundert Dich? Seine salbungsvollen, frömmelnden Reden, sein Enthusiasmus für Deutschland, das gar nicht mehr existirt, seine wahrhaft hochverrätherischen Ideen, welche ihn unter die Guillotine bringen könnten, beweisen es sonnenklar. Wir müssen das ignoriren, mon ami, wir müssen ganz mit ihm einverstanden bleiben, sonst — zieht er uns diesen jungen Helden des abtrünnigen Corps vor! Freilich werden wir unsern Besuch abkürzen müssen, denn die Mark wird bald genug vom Kaiser feindlich behandelt werden, möglich, daß unsere Truppen hier einrücken, und dann wäre es compromittirend für uns, hier gesehen zu werden, indessen, wenn wir unsere Zeit klug benutzen, so ist es doch möglich, daß wir bald zum Ziele kommen, denn der Cousin hat eine scharf prononcirte verwandtschaftliche Gesinnung gegen uns."

Winneberg seufzte, er konnte ihre Zuversicht in keiner Beziehung theilen. „Wenn aber doch," wandte er ein, „die Anhänglichkeit an Napoleon auch in den Ländern, deren Fürsten ihm am Meisten verdanken, erschüttert wäre? Dieser Amtmann wollte so gewisse Nachrichten haben."

„Ja, dieser Amtmann! Gut, daß Du mich an ihn erinnerst!" sagte Frau von Winneberg. „Das ist ein gefährlicher Mensch, wie unbedeutend er auch aussieht, viel gefährlicher als unser Phantast, mein excentrischer Cousin. Wie hieß er doch? Gerhardt!" Sie zog aus ihrem Pompadour, der auf dem Tische lag, eine kleine, in Seide gebundene, gestickte Schreibtafel und notirte sich den Namen. — „Sein Sohn studirt in Halle," fuhr sie fort, „Eduard wird ihn vielleicht kennen; jedenfalls werde ich Eduard vor ihm warnen, obgleich wir unseres Sohnes wohl sicher sein können. Ich will mir noch überlegen, ob es nicht meine Pflicht wäre, diesen Spion zu entlarven."

„Liebe Emma, wir hätten doch unser Kind

lieber nach Duisburg schicken sollen — da unsere drei Landesuniversitäten Göttingen, Halle, Marburg immer keine rechte Sicherheit gewähren, daß junge Leute nicht von dem versteckten Geiste, der noch unter den Professoren spukt —"

„Laß gut sein, mon ami! Eduard ist so sicher als Ferdinand! Er wird eine eben so glänzende Carrière im Civil, wie dieser in der Armee machen. Wir wollen uns auch darüber keine unnützen Sorgen mit zu Bett nehmen."

Es war schon spät, aber der Schlummer wollte bei Keinem, den das Schloß Wedderin heute beherbergte, recht einkehren, und der Gutsherr war bereits vor fünf Uhr am andern Morgen wach. — „Kurnatis," sagte er zu seinem Diener, den er selbst weckte, „Du sollst, sobald es Tag ist, nach dem Königsluch gehen, ich habe dem alten Drobisch Nachricht versprochen."

„Sehr wohl, gnädiger Herr," erwiederte der Lithauer. „Der Alte wird sich freuen — er war recht mißmüthig in letzter Zeit."

„Ich werde auf einen Tag verreisen, Kurnatis," fuhr der Herr fort. „Sobald die Pferde ausgefressen haben, soll der Kutscher anspannen. Du vermeldest meinem Vetter, dem Herrn von Winneberg, wenn er aufgestanden ist, daß ich in dringenden Geschäften nach Potsdam gefahren sei, morgen Abend oder spätestens übermorgen aber zurückkommen würde. Sie werden sich schon Alles denken können. Du sorgst dafür, daß es meinen Verwandten an Nichts fehle — die Mamsell soll sich Ehre einlegen. Dem Amtmann habe ich noch gestern Abend gesagt, daß ich verreise, er will auch zeitig fortreiten."

Der Amtmann war aber schon wach, und beide Freunde konnten noch, ehe sie sich trennten, die kommenden Ereignisse mit einander besprechen. „Wenn wir uns wiedersehen, Gerhardt, wird Viel geschehen sein!" sagte Neuhauß beim Abschiede.

Dann setzte sich der alte, schwächliche Mann, der Kälte trotzend, auf seinen leichten Wagen, der mit einer linnenen Decke überspannt war, und fuhr hinaus in die Dunkelheit, um die weite Reise nach der Residenz des Königs zu unternehmen, wo er Gewißheit über seine Zweifel erhalten mußte. Wenn Frau von Winneberg ihn für ein Mitglied des Tugendbundes hielt, so hatte sie die Wahrheit wenigstens nahe gestreift. Er stand mit vielen Männern in Verbindung, welche ehemals diesem Bunde angehört hatten und seine Bestrebungen insgeheim noch eifrig fortsetzten. In Königsberg hatte sich vor vier Jahren ein Bund patriotischer

Männer aus verschiedenen Ständen, welche das Unglück Preußens schwer fühlten, ohne den Glauben an eine bessere Zukunft zu verlieren, gebildet. Er nannte sich einen „Sittlich-wissenschaftlichen Verein", und hatte sich die Aufgabe gestellt, auf alle Weise den gebeugten Sinn des Volkes wieder aufzurichten, die Anhänglichkeit an das Königshaus, die Vaterlandsliebe, den Haß gegen die Unterdrücker, die Wahrhaftigkeit in dem heranwachsenden Geschlechte zu heben, Elend und Noth nach Kräften zu mildern, und Alles zu thun, was die bessere Zeit, auf die man hoffte, endlich heraufführen könne. Dies die offen ausgesprochene Tendenz, welche mit den Statuten den Behörden vorgelegt wurde und auch die Genehmigung des Königs erhielt, der sich für den Verein interessirte und sich über sein Wirken zuweilen Bericht abstatten ließ. Männer, wie Gneisenau, Schill, gehörten ihm an, Stein beschützte und förderte ihn, Scharnhorst wußte seine Thätigkeit zu würdigen. Aber bald ahnten die Feinde, daß die wahre, wenn auch verschwiegene Tendenz des Bundes gegen ihre Herrschaft gerichtet sei, und der König, wie er gezwungen wurde, Stein und Scharnhorst zu entlassen, sah sich auch genöthigt, den Tugendbund schon Ende 1809 durch Cabinetsordre aufzulösen. Officiell war das geschehen; die Thätigkeit der Männer, welche dem Bunde angehört hatten oder zugethan gewesen waren, hatte darum nicht aufgehört und erstreckte sich, nun die Organisation, welche nur geborenen Preußen den Eintritt gestattete, aufgehoben war, auch über die Grenzen des engeren Vaterlandes hinaus. Frau von Winneberg hätte in diesem Sinne auch den Amtmann Gerhardt, den sie für so gefährlich hielt, dem Tugendbunde zuzählen können.

Als das Morgenroth kaum über die Eisfläche des Sees herüberschimmerte, machte sich Kurnatis, dem erhaltenen Befehle gemäß, auf den Weg nach dem Försterhause. Da er nicht zurück sein konnte, wenn Herr von Winneberg aufstand, so übertrug er die Bestellung seines Herrn für den Vetter an die „Mamsell", wie die Wirthschafterin ortsüblich genannt wurde. Es war bitter kalt, und der treue Lithauer dachte an seinen Herrn auf der Reise, welche ihm bei seiner angegriffenen Gesundheit leicht schaden konnte. Er wußte aber den Anlaß dieser Reise und kannte auch die Feuerseele seines Herrn, welche stets über den gebrechlichen Körper den Sieg davon trug — bis er einmal doch zusammenbrach, das konnte freilich nicht ausbleiben.

Am Forsthause traf Kurnatis die Tochter,

welche im Hofthore stand und ihm verwundert entgegenblickte. „Guten Morgen, Jungfer Luischen!" sagte er. „Immer zuerst auf Posten?"

„O nein, der Vater ist schon auf," erwiederte sie. „Gehen Sie nur hinein." Sie sah ihm an, daß er etwas Ungewöhnliches bringe, und er konnte es auch gegen das Mädchen nicht auf dem Herzen behalten.

„Sie werden mich nicht lange mehr hier sehen, Jungfer Luischen," sagte er. „Es geht los."

Ein Blitz aus ihren dunkelblauen Augen verrieth, daß sie ihn verstanden hatte; der Ernst, welcher ihre Züge gewöhnlich streng machte, wich einem freudigen Ausdruck. „Kurnatis!" rief sie.

„Ich spaße nicht! Mein Herr schickt mich her," erklärte der Lithauer — „ei, da ist ja der Alte! Komm her, Drobisch, ich bringe Dir ein Labsal!" Der Förster, welcher draußen die Stimme gehört hatte, war herausgekommen und trat nun schnell hinzu. „Mein Herr hat gestern richtig einen Brief von dem jungen Herrn bekommen, der schreibt, daß Dein alter Chef sich von den Franzosen losgemacht hat; mit den Russen ist Waffenstillstand geschlossen, unsere Leute haben Quartiere bei Memel bezogen, und werden nun wohl den Franzosen in den Rücken fallen, wir von vorne, Alter, das wird eine Lust werden! Ich hätte Dir gern den Brief mitgebracht, aber mein Herr hat ihn mitgenommen, der ist gleich nach Potsdam gefahren, um zu hören, wenn's losgeht!"

Auch hier, in dieser abgelegenen Einöde, wo nur zwei einsam lebende Menschen — Vater und Tochter — sie hörten, wirkte die Nachricht wie in den weitesten Kreisen, den bevölkertsten Hauptstädten Deutschlands, welche sie bald gleich einem elektrischen Schlage treffen sollte. Der Förster zuckte lebhaft auf, sein Gesicht wurde dunkelroth: „Kerl, wenn Du lügst!" rief er drohend.

Aber Kurnatis betheuerte ihm, was den Inhalt des Briefes betraf, die Wahrheit, und erzählte dann in der Stube, wohin er Beiden folgte, Alles ausführlich, so weit seine Kenntniß reichte. Auch das französische Bülletin vergaß er nicht.

„Ja, das ist ein Labsal!" sagte der Förster, und auf seine Tochter blickend, setzte er hinzu: „Ich kann freilich nicht mehr mitgehen, dafür haben die Halunken bei Preußisch-Eylau gesorgt, aber der Bursch muß mit, ich werde das Revier schon allein besorgen — wenn auch etwas mehr Holz gestohlen wird, besser im Kachelofen eines armen Schelms, als für ein französisches Bivouakfeuer; und nimmt der Wildstand zu, ist's kein Schade. Die Bauern können Gott danken, wenn's nur Hasen und keine Franzosen sind."

„Glauben Sie denn, Vater," fragte Luise, deren Auge den freudigen Glanz eines Moments wieder verloren hatte, daß der König nun wirklich losschlagen wird?"

„Wenn der alte York schon Hahn in Ruh'! gegen die Russen commandirt hat und Gewehr ab?" brauste der Förster auf. „Denkst Du, das dürfe ein General auf seinen eigenen Kopf thun, ohne Befehl des Königs? Der König hat es ihm freigestellt, wenn er die rechte Zeit dazu sähe, was er draußen besser kann, als sein Herr, der hier von Franzosen umringt und bewacht ist, Gott schütze ihn! Jetzt aber ist die rechte Zeit — vor vier Jahren war es noch zu früh, als der brave Schill aus Berlin ritt, er hätte sich's besser überlegen sollen! Na, Luise, ich wollte Dir nicht das Herz wieder schwer machen!"

„Wenn Du Recht hast, Vater," rief sie, während der Schmerz um ihre Lippen zuckte, „wird es mir schon wieder leicht werden."

Kurnatis sah das Mädchen mitleidig an, doch der Vater, welcher diesen Ausdruck in seinem ehrlichen Gesicht bemerkte, schnitt ihm die Rede ab.

— „Wir hier in unserm Walde werden nur nicht Alles erfahren, was in der Welt vorgeht," sagte er. „Dein gnädiger Herr ist aber mein Trost, der wird mir schon immer sagen lassen, wenn er Nachrichten hat, denn er weiß ja, daß ich ein gut preußisches Herz habe. Mein alter York! Ja, er war scharf gegen uns, und wir nannten ihn bereits den Isegrimm, aber daß er für uns sorgte, das haben wir schon in Mittenwalde erfahren, und was wir an ihm hatten, das sahen wir in der Campagne. Nach der Jenaer Geschichte, wer da seine Leute noch in der Hand hatte, daß er ein glückliches Gefecht liefern konnte, wie bei Altenzaun, den kann man loben."

Das Gefecht von Altenzaun, von welchem auch York, der es geliefert hatte, gern sprach, war des alten Drobisch Lieblingsstück in seinen kriegerischen Erinnerungen. Es that ihm zu wohl, daß nach den Niederlagen, welche die Armee in dem Unglücksjahre erlitten, auf dem weitern Rückzuge von Magdeburg wenige preußische Jägercompagnien bei Altenzaun an der Elbe den übermüthig drängenden Feind empfindlich zurückgewiesen hatten. Gewiß hätte er auch heute das oft erzählte Gefecht dem Freunde nochmals geschildert, wenn Luise nicht plötzlich aufgestanden und hinausgegangen wäre, worauf Kurnatis sogleich von ihr zu sprechen anfing.

„Sie kann's doch gar nicht vergessen!" sagte er, den Kopf schüttelnd.

„Sie wird's auch nicht verwinden," erwiederte der Vater mit einem Seufzer. — „Wär' sie ein Bursch und hätte draußen zu thun, im Wald und auf der Jagd, so würde sie sich schon aus dem Kopfe schlagen, was nicht zu ändern ist. Aber bei ihrer Wirthschaft im Hause, wo sie keinen Menschen sieht, und Abends beim Spinnrade hängt sie immer ihren Gedanken nach und macht sich's nur noch schwerer. Schade, daß sie kein Junge ist! Kraft genug hätte sie dazu, groß und stark genug wäre sie auch. Dann hätte ich einen Nachfolger in meiner Stelle und brauchte mir keine Sorgen um sie zu machen, wenn ich einmal todt sein werde. Der liebe Gott läßt zwar keinen Sperling vom Dache fallen, aber wenn ich mein Kind ansehe, wie es doch nicht anders ist, wird mir manchmal recht bange."

„Du solltest Dir's doch noch einmal überlegen, Alter, was Dir mein Herr gesagt hat. Da wäre sie gleich versorgt. Die Mamsell lernte sie an, und wenn sie so weit wäre, überließe sie ihr Alles, denn sie will sich schon lange gern zur Ruhe setzen, und mein gnädiger Herr würde Keiner die Wirthschaft in Wedderin lieber übergeben, als Deiner Luise, das hat er mir mehr als einmal gesagt."

„So! Ihr Alle wäret versorgt, nicht wahr — wo aber bleibe ich? Ich kann sehen, wie ich mit der Magd auskomme. — Aber das wäre das Wenigste!" setzte er, den unwirschen Ton ändernd, hinzu. „Danach würde ich schon nicht fragen, wenn ich meine Tochter für ihr Leben versorgt wüßte! Sie kann's aber nicht, fremden Menschen dienen kann sie nicht, frage sie doch selbst, Kurnatis, sprich mit ihr, rede ihr zu meinetwegen, Du wirst hören, daß sie es rund abschlägt. Das sind übrigens Dinge, an die man jetzt gar nicht denken kann! Wer wird sich mit seinen eigenen erbärmlichen Geschichten abgeben, wenn draußen Alles auf dem Spiele steht?"

„Wäre Dein Mädel ein junger Bursche," sagte Kurnatis, welcher diesen Gedanken lebhaft aufgefaßt hatte, „so ginge der gewiß mit! Er müßte nicht Dein Blut sein! Ich wollte ihn als guter Kamerad schon zu einem rechten Soldaten machen, beim Einhauen ihm die Seite decken, mit ihm leben und sterben — das sollte eine Lust sein! — Aber sie ist doch nun einmal ein Frauenzimmer, wenn sie auch schießen kann und reiten, als wäre sie bei mir zu Hause geboren, wo alle Frauen und Mädchen reiten, zum Markt, zu Hochzeiten, selbst die Kinder in die Schule, wenn's weit ist. Ja, Lithauen ist schon das Oberstück vom ganzen preußischen Reiche. Dort stehen sie nun, unsere braven Jungen, die aus Rußland glücklich entkommen sind — ich kenne das Nest, wo der Herr Lieutenant von Lomnitz im Quartier liegt, Nimmersatt heißt es, aber so hungrig ist es gar nicht. Dort wird's denn zuerst losgehen, wenn der König wirklich Deinem alten Isegrimm Befehl gegeben hat, mit den Russen sich zu vertragen!"

„Kommst Du immer wieder damit!" rief der Förster. „Du bist selber Soldat gewesen, und unterstehst Dich zu glauben, daß ein preußischer General das thun könnte, wenn er nicht dazu Befehl oder Erlaubniß hätte? Mein alter Chef, der immer auf die strengste Disciplin gehalten hat, nicht die geringste Insubordination duldete, der sollte nun auf einmal selbst dawider handeln? Gar keine Möglichkeit!"

Viertes Kapitel.

Und doch war es so! Die That, deren Kunde mit wunderbarer Schnelligkeit bereits ganz Deutschland durchlief, allen Vaterlandsfreunden eine ahnungsreiche freudige Verheißung, den Franzosen und ihrem Anhang ein tödtlicher Schreck, die That, welche Preußen wie ein belebender Strahl zur Erhebung rief und Deutschlands Befreiung allein möglich machte, war nicht mit Erlaubniß, oder gar auf Befehl, sondern auf eigene Gefahr und Verantwortung des Feldherrn geschehen! Gegen das Kriegsgesetz ein Verbrechen, das die Kugel auf dem Sandhaufen verwirkte, für das Vaterland ein Entschluß von den glorreichsten Folgen!

York, ein Mann von eisernem Willen und

hoher Thatkraft, beseelt von Vaterlandsliebe, die ihn hatte ausharren lassen, wo ihm die glänzendsten Aussichten im fremden Dienste eröffnet wurden, war auf Scharnhorst's Betrieb dem Hülfscorps nach Rußland, für welches sich Napoleon den alten General Grawert wegen seiner Vorliebe für Frankreich zum Befehlshaber erbeten hatte, als zweiter commandirender General beigegeben worden; er hatte bald, weil Grawert schwach und krank, den Oberbefehl übernommen. Trotz seines glühenden Franzosenhasses hatte er die Ehre der preußischen Waffen in seinem Feldzuge unter Macdonald glänzend gewahrt, aber sein Verhältniß gegen den französischen Marschall war immer schroffer geworden, weil dieser nicht allein unthätig blieb und den Preußen alle Mühe und Gefahren nach französischem Princip überließ, sondern dieselben auch in der Verpflegung und Allem so beispiellos vernachlässigte, daß sie in strengster Kälte an Allem Noth litten. Die russischen Generale dagegen versäumten keine Gelegenheit, ihn an die alte Waffenbrüderschaft, an die Freundschaft ihrer Monarchen zu erinnern, ihm Nachrichten von den Unglücksfällen bei der großen Armee, vom Brande von Moskau und vom Rückzuge mitzutheilen, und ihm vorzustellen, daß er seinem Könige, der nur gezwungen Napoleon's Verbündeter sei, keinen größern Dienst leisten könne, als wenn er sich von den Franzosen trenne. York wies alle ihm gemachten Vorschläge zurück, setzte aber doch den König davon in Kenntniß und bat wiederholt durch den Grafen Brandenburg, später durch seinen Adjutanten Seydlitz um bestimmte Verhaltungsbefehle. Diese wurden ihm nicht zu Theil. Als dann, etwas spät, auch Macdonald seinen Rückzug antrat, bildete York dessen letzte Staffel; nur ein preußisches Detachement unter Massenbach war bei der ersten, welche Macdonald führte. Ein kleines russisches Corps unter Diebitsch schob sich zwischen beide Colonnen und schnitt deren Verbindung ab. York hätte es überrennen können, aber in seiner Seele war der große Gedanke, daß für Preußen jetzt der Moment gekommen sei, schon aufgegangen und zur festen Ueberzeugung geworden. Jetzt oder nie! wie er auch später an seinen König und Herrn schrieb. Wurde dieser Augenblick versäumt, so hätte das noch starke Corps, über welches Macdonald verfügte, sich am Niemen behauptet, die russische Armee, welche Napoleon's Heerestrümmer verfolgte und ebenfalls bedeutend geschwächt war, hätte die Grenze des eigenen Reiches, das nun befreit war, niemals überschritten, Napoleon's

Macht wäre durch seine unermeßlichen Hülfsquellen und sein Genie schnell wieder erstarkt, und Preußen, Deutschland, ganz Westeuropa hätte sein Joch tragen müssen in Ewigkeit. Er würde den Krieg vielleicht erneuert, den Frieden, den ihm Rußland geboten hätte, zurückgewiesen haben, und wenn dann die Russen auch zum Angriff geschritten, so wäre der Kriegsschauplatz Preußen gewesen und das Schicksal des Vaterlandes hätte sich erfüllt! Möglich, daß Gott auch dann noch ein Wunder gethan hätte zur Rettung Deutschlands — wer mag die Wege der Vorsehung verkünden! — aber darf ein Volk, das nur jammernd die Hände ausstreckt, ohne sie zur That zu erheben, auf ein Wunder hoffen? Gott hatte schon Wunder gethan, und das Volk in Deutschland konnte bald in allen Gauen singen — „Mit Mann und Roß und Wagen hat sie der Herr geschlagen" — nun, deutsches Volk, hilf Dir selbst weiter, Preußen voran! — Aber York harrte noch immer auf das Wort seines Königs, und hielt darum Diebitsch, der neue Unterhandlungen mit ihm angeknüpft hatte, von einem Tage zum andern hin, während er seinen Marsch zur Vereinigung mit Macdonald, wie dieser ihm befohlen, fortsetzte. Da kam endlich Seydlitz zurück, der ihm nur die Antwort des Königs brachte, er sei nicht abgeneigt, das von Napoleon selbst so vielfach verletzte Bündniß aufzugeben, sobald sich die anderen politischen Verhältnisse des Staates aufgeklärt haben würden. Das war eine Vertröstung auf unbestimmte Ferne: der König meinte wohl die Verhältnisse zu Oesterreich und den übrigen deutschen Staaten, die noch fest zu Napoleon hielten, er meinte die innere Lage Preußens, wo noch, außer dem Scharnhorst'schen Wehrsystem, Nichts für den Kampf vorbereitet war, er kannte die Absichten Rußlands noch nicht, weil Alexander's persönliche Freundschaft für Napoleon und die Friedenspartbei an seinem Hofe leicht das gehobene Schwert lähmen konnte, und der Tilsiter Friede, wo sich Rußland auf Kosten des Bundesgenossen auch an der preußischen Beute bereichert hatte, war wohl geeignet, mißtrauisch zu machen. Aber York wußte das nicht und konnte das als Soldat auch nicht gelten lassen: ihn bestimmte der entscheidende Augenblick, und zwei Schreiben, welche ihm Diebitsch durch den Oberstlieutenant von Clausewitz, einen von den preußischen in russischen Dienst getretenen Officier, überreichen ließ, bewogen ihn endlich zur That. Aus dem einen Schreiben erfuhr er, daß General Wittgenstein eine Stellung genommen, welche York's Corps bei weiterem Rückzuge zu einem Vernichtungskampfe zwang; aus dem andern, einem aufgefangenen Schreiben Macdonald's an den französischen Minister des Auswärtigen, konnte er entnehmen, welche Absichten man mit ihm und seinem Corps hatte: es hieß darin, die Bombe mit ihm sei endlich geplatzt, man werde ihn und viele Officiere, welche Macdonald bezeichnen werde, vom Corps entfernen. Jetzt oder nie! Dem Könige seine halbe Armee, welche den Kern für eine neu zu bildende Streitmacht geben konnte, zu erhalten, erschien eine gebieterische Pflicht: von zwei Seiten bedroht, hier zum willenlosen Werkzeuge der Franzosen herabzusinken, dort zu einem hoffnungslosen Kampfe mit der russischen Uebermacht gezwungen, gab es nur ein Mittel, das preußische Corps zu retten, und der Feldherr hatte den Muth, welcher nur starken Seelen eigen ist, einen großen Entschluß, im Widerspruch mit dem Kriegsgesetz, mit seiner Unterthanenpflicht, mit seinem eigenen strengen Soldatengefühl, zu ergreifen. Heil uns, Heil Deutschland, daß er es gethan hat!

General Massenbach hatte ihm eben einen Ordonnanzofficier geschickt, diesen ließ York rufen und fragte ihn, was die dortigen Regimenter dazu sagen würden, von den Franzosen loszukommen.

Der junge Officier sprach sich begeistert über diese Aussicht aus und rief: „So denkt jeder einzelne Mann von uns!“ Der Feldherr sah ihn gegen seine gemessene Weise freundlich an und sagte: „Ihr habt gut reden, Ihr jungen Leute, mir Alten aber wackelt der Kopf auf den Schultern!“ Hermann Lomnitz hatte diese Worte in einer Nachschrift seinem Onkel mitgetheilt. — Am andern Morgen, es war der 30. December 1812, um acht Uhr, trafen sich York und Diebitsch, Jener begleitet von seinem Chef des Generalstabs, Oberst von Röder, und dem Adjutanten, Major von Seydlitz, Dieser von Clausewitz und dem Major Grafen Dohna, in der Poscherungen'schen Mühle bei Tauroggen. Ein merkwürdiger Zufall fügte es, daß diese sechs Männer sämmtlich geborene Preußen waren. Diebitsch, der nachmalige Sieger vom Balkan und bei Ostrolenka, war im Cadettenhause zu Berlin erzogen, wo noch ein von ihm gezeichneter Situationsplan aufbewahrt ist; er war schon im Jahre 1801 in russischen Dienst getreten, in welchem sein Vater als General stand; Graf Dohna und Clausewitz hatten erst in Folge der letzten traurigen Verhältnisse ihr Vaterland verlassen, Beide kehrten später dahin zurück. Clausewitz ist als Militärschriftsteller ersten Ranges berühmt geworden, eine tiefinnerliche, mit seltener Bescheidenheit begabte Natur, deren geistige Schätze erst nach dem Tode des Generals der Welt übergeben worden sind; Graf Dohna, einer der treuesten Diener seines Königs, starb als General-Feldmarschall und Oberstkämmerer. Bei jener Zusammenkunft wurde denn die berühmte Convention geschlossen, in welcher dem preußischen Corps Neutralität in einem, bis auf nähere Befehle des Königs zu besetzenden Landstrich, und für den Fall, daß einer der beiden Monarchen dem Vertrage seine Zustimmung versagen würde, freier Abzug unter der Bedingung, zwei Monate nicht gegen die Russen zu fechten, gesichert wurde.

York sandte sogleich den Major von Thile mit der Meldung seiner That und dem Bericht über die Convention an den König ab, stellte die Ansicht vor, welche ihn geleitet hatte, und legte dem Monarchen willig seinen Kopf zu Füßen, wenn er gefehlt haben sollte. Ausführlicher sprach er sich über die Lage des Vaterlandes und die Nothwendigkeit, einen kühnen Entschluß zu fassen, in einem zweiten Schreiben aus, welches er dem ersten durch den Rittmeister Grafen Brandenburg bald folgen ließ: „Auf vaterländischem Boden hätten Eurer Majestät Unterthanen ihr Blut für die Rettung der Banden, die das Vaterland als Feinde und als Verbündete verwüstet haben, vergeuden sollen, um dann noch ohnmächtiger die Fesseln eines bis zum Wahnsinn exaltirten Eroberers tragen zu müssen. So lange Napoleon noch eine Kraft in Deutschland hat, ist die erhabene Dynastie Eurer Königlichen Majestät gefährdet; sein Haß gegen Preußen kann und wird nie erlöschen. In dem Ausspruche Eurer Majestät liegt das Schicksal der Welt. Eure Majestät kennen mich als einen ruhigen, kalten, sich in die Politik nicht mischenden Mann. Ich spreche hier die Sprache eines alten treuen Dieners, und diese Sprache ist die fast allgemeine der Nation. Der Ausspruch Eurer Majestät wird Alles neu beleben und enthusiasmiren; wir aber werden uns wie alte, echte Preußen schlagen und fest und unerschütterlich dastehen. Ich erwarte nun sehnsuchtsvoll den Ausspruch Eurer Majestät, ob ich gegen den wirklichen Feind vorrücke, oder ob die politischen Verhältnisse erheischen, daß Eure Majestät mich verurtheilen. Beides werde ich mit treuer Hingebung erwarten, und ich schwöre Eurer Königlichen Majestät, daß ich auf dem Sandhaufen eben so ruhig, wie auf dem Schlachtfelde, auf dem ich grau geworden bin, die Kugel erwarten werde."

Wohl hatte der alte Krieger vollkommen Recht: in dem Ausspruche des Königs lag das Schicksal der Welt! Napoleon hatte im Jahre 1811 zu dem Abbé de Pradt, Erzbischof von Mecheln, den er zu vielen diplomatischen Aufträgen gebrauchte, das stolze Wort gesprochen: „In fünf Jahren werde ich Herr der Welt sein!" Wenn er damit nun auch zu Schanden geworden war, Herr des Abendlandes war er immer noch und konnte es bleiben, wenn der König von Preußen den Ausspruch, den sein Volk in heißer Kampfbegier von ihm erwartete, nicht that, wenn er seinen Feldherrn, wie dieser ahnungsvoll geschrieben, verurtheilte, und mit Preußen auch ganz Deutschland unter den französischen Adlern festhielt.

Die Franzosen hofften das freilich nicht. Wie Alle, denen York's That zu Ohren kam, glaubten sie, daß er nur im Einverständniß und auf geheimen Befehl seines Königs gehandelt habe. Macdonald, als ihm York in würdiger Weise seinen Entschluß gemeldet und alle preußischen Truppen, die noch entsendet gewesen, an sich gezogen hatte, war zuerst tief erschüttert, dann aber so edel gewesen, selbst die preußische Stabswache von zwanzig Dragonern, welche in seinem Hauptquartier war, freundlich und reich beschenkt zu entlassen. In der sichern Erwartung, daß Preußens Kriegserklärung ungesäumt folgen werde, hatte man im französischen Hauptquartier schon erwogen, ob es nicht zweckmäßig sei, ganz Ost- und Westpreußen zu räumen, Danzigs Festungswerke zu schleifen und die Besatzung von 20,000 Mann besser im Felde zu verwenden. Freilich hätte Napoleon, wie die späteren Ereignisse bewiesen, klug daran gethan, alle Besatzungen, die er noch in den fremden Festungen hatte, zu seiner Armee stoßen zu lassen, deren Streitkraft dadurch nicht allein an Zahl um 60,000 Mann, sondern, was noch höher anzuschlagen, an altgedienten Truppen vermehrt worden wäre. Damals aber konnte er den Gedanken, seine Eroberungen aufzugeben, noch nicht fassen, jene Festungen hielten sie ihm fest, bis er selbst wieder seinen Siegesflug bis an die Marken der ihm unterworfenen Lande nehmen würde. Und seine Feldherren gewannen auch wieder Vertrauen, als der mit fieberhafter Spannung erwartete Umschlag der Dinge in Preußen noch nicht erfolgte; Danzig blieb besetzt und der Strom des französischen Rückzuges wurde wenigstens aufgehalten, unter dem Schutze frischer Truppen, von denen die Flüchtlinge aufgenommen wurden, konnte daran gedacht werden, sie wieder zu organisiren.

Der König von Preußen residirte in Potsdam, welches nach den Verträgen nicht von den Franzosen berührt werden durfte, wenn auch viele französische Officiere der Berliner Besatzung durch nichtofficielle Aufforderung veranlaßt wurden, Potsdam oft zu besuchen, um die dortige Bevölkerung an ihren Anblick zu gewöhnen und ihr zu imponiren. Nicht durch die von York abgesandte Depesche, sondern durch den französischen Gesandten St. Marsan erhielt der König die erste Nachricht von der eigenmächtigen That seines Feldherrn, der den Entschlüssen seines Herrn vorgegriffen hatte. St. Marsan war schon am 4. Januar durch die bessere Organisation des französischen Etappenwesens davon in Kenntniß gesetzt worden. Daß der König die kühne That, welche seine eigene Autorität verletzte, nicht sogleich gut heißen konnte, lag nicht allein in seinem beleidigten Monarchengefühl, es lag auch in den Verhältnissen des Augenblicks, deren er sich vollkommen bewußt war. Der Staatskanzler Hardenberg, der jedem raschen Schritte, welcher Gefahr brachte, abgeneigt war, rieth dem Könige dringend, Napoleon vor der Hand durch zufriedenstellende Erklärungen zu beruhigen; er selbst erklärte dem französischen Gesandten, daß sein Herr den General York für den Schritt, den er entschieden mißbillige, zur Verantwortung ziehen, die Convention verwerfen und das Commando des Corps dem General von Kleist übertragen werde, mit der Weisung, sich unbedingt dem Könige von Neapel zur Verfügung zu stellen. Diese Beschlüsse wurden sogleich ausgefertigt, der Major und Flügeladjutant von Natzmer sollte sie nach Preußen bringen und York verhaften lassen. Aber noch vor seiner Abreise traf gegen Abend der Major von Thile in Potsdam ein und York's Bericht ließ den König nun doch die vollendete Thatsache in einem andern Lichte anschauen. Zu dem entscheidenden Ausspruche, welchen York hoffte, konnte er den König freilich nicht bewegen, da ihn Rücksichten, welche dem Soldaten, der sich nie um Staatsangelegenheiten gekümmert, fremd waren, vor einem Entschlusse warnten, der sein ganzes Volk in den Abgrund des Verderbens stürzen konnte; aber der Entschluß reifte in der Seele des Herrschers, und es kam nur darauf an, Zeit zur Rüstung zu gewinnen. Darum beschwichtigte der König den französischen Gesandten in einer Audienz noch weiter, er werde den Fürsten Hatzfeld nach Paris senden, um dem Kaiser, seinem hohen Verbündeten, seine Anhänglichkeit an dessen Sache zu versichern, und über den unerwarteten und höchst unangenehmen Vorfall, der seine volle Entrüstung geweckt, die nöthigen Erklärungen zu geben; er wolle sofort ein neues Truppencorps zusammenziehen und dem Kaiser zur Verfügung stellen, und bitte nur, dabei die ungünstigen Finanzen des Staats einigermaßen zu berücksichtigen. Der Gesandte war beruhigt und berichtete in diesem Sinne über die Aufrichtigkeit des Königs und seines Cabinets an Berthier, Napoleon's Major-General der Armee. Natzmer ging wirklich am fünften Januar nach Preußen, Fürst Hatzfeld am elften nach Paris ab. Leichter, als den Diplomaten, war es, den ehrlichen und rauhen Augereau, den Gouverneur von Berlin und den Marken, zu täuschen. Dieser glaubte vollkommen an die Anhänglichkeit des Königs und schrieb an Berthier entrüstet darüber, daß man nicht mehr Vertrauen zu diesem Monarchen habe, dessen Weisheit und ruhige Haltung allein das Land ruhig erhalte.

Ruhig war das Land noch und eine gedrückte Stimmung herrschte im Volke. In Potsdam, in der Nähe des Hofes, gab man ihr nicht lauten Ausdruck, aber von Tag zu Tage wurde man ungeduldiger, besonders als von Berlin herüber die immer deutlicheren Zeichen kamen, daß die

Franzosen, auf deren Abzug man schon gehofft, nachdem Schaaren von truppenlosen Generalen und Officieren der zertrümmerten Armee durchgereist waren, sich wieder sicherer fühlten und auf längeres Bleiben einrichteten. Es verlautete gar, daß die Russen ganz Ostpreußen und das Land bis zur Weichsel für sich behalten würden, eine bittere Frucht des Bündnisses mit dem Länderräuber, welcher Preußen schon die Hälfte seines Gebiets entrissen hatte. So fand der Vaterlandsfreund, der voll Hoffnung aus seiner abgelegenen Einsamkeit an der sächsischen Grenze nach Potsdam geeilt war, gleich bei seiner Ankunft eine herbe Enttäuschung. Das erste Zeitungsblatt, das ihm in die Hand fiel, enthielt die Bekanntmachung der Verfügungen, welche der König in Bezug auf die Convention von Tauroggen, auf den General von York und sein Corps getroffen hatte. Neuhauß traute seinen Augen kaum; ein tiefer Schmerz ging durch seine Seele, betrübt legte er das Blatt hin und gab im ersten Moment des Kleinmuths Alles verloren: der König verließ sein Volk! Wie in seiner Brust aber die Stimmungen schnell wechselten, nach der reizbaren Eigenthümlichkeit seines Gemüths, so fand er auch schnell wieder Trost, neues Vertrauen, gläubige

Zuversicht. Er sah die Zeitung nochmals an, sie war von demselben Tage — erst heute, am 19. Januar, vierzehn Tage, nachdem der König von York's That Kenntniß erhalten hatte, wurde der Beschluß darüber veröffentlicht! Das konnte nur eine tiefere Ursache haben, der Beschluß konnte Schein, zur Täuschung der Franzosen sein, in deren Gewalt sich ja der König mit seinen wenigen Garden befand. In dieser neuen Hoffnung machte sich Neuhauß auf den Weg, um seine Freunde aufzusuchen, welche in alle Verhältnisse eingeweiht waren; er war mit Stägemann, mit Hippel bekannt, er hatte Verbindungen mit mehreren hochgestellten Militärs in der Umgebung des Königs; daß Major Natzmer abgereist war, that ihm sehr leid, von ihm hätte er gewiß die beste Auskunft über die Lage der Dinge erhalten. Statt seiner begegnete er aber einem noch willkommeneren Manne, dessen Bekanntschaft er vor zwei Jahren bei dem Grafen Lottum, seinem Verwandten, gemacht hatte und der ihm mit großer Achtung entgegengekommen war. Als er an der Garnisonkirche vorübereilte und das alte Glockenspiel auf dem Thurme eben die schöne Weise: „Ueb' immer Treu und Redlichkeit" anhob, traf er auf einen Officier im Mantel, der ihn zu seiner Ueberraschung mit seinem Namen grüßte: es war der junge Graf Brandenburg. Schon einmal hatte ihn sein General aus Kurland hereingeschickt, um dem Könige einen Bericht über die Lage des Corps und die vielen Beschwerden gegen den französischen Oberbefehl zu überreichen, damals hatte er Neuhauß einen Brief von seinem Neffen Lomnitz mitgebracht, und nun sah er ihn zum zweiten Male hier. — „Gute Nachrichten, Herr Graf?" rief er ihm entgegen.

„Ja, Hoffnung, Herr von Neuhauß!" erwiederte Graf Brandenburg. „Sie wissen Alles —?"

„Ja, und ich habe heut' in der Zeitung gelesen!" — sagte Neuhaus. „Darf ich Sie eine Strecke begleiten?"

„Ich wohne zwei Schritt von hier, geben Sie mir die Ehre," bat der Graf. „So Gott will, wird Alles gut! Sie sind ein Patriot, wie es kaum einen bessern giebt, ich theile Ihnen mit, was ich weiß."

Graf Brandenburg war der Halbbruder des Königs, aus einer morganatischen Ehe Friedrich Wilhelm's des Zweiten mit der Gräfin Julie Dönhoff. Damals erst zwanzig Jahre alt, hatte er noch wenig Gelegenheit gehabt, sich auszuzeichnen, wie es bald im Kriege geschah, aber sein ritterliches Wesen bekundete, daß der Geist der Hohenzollern auch in ihm lebte, und die Treue und Ehrlichkeit, welche sein ganzes Leben gekennzeichnet haben und selbst von seinen politischen Gegnern in unseren Tagen der Partheiung anerkannt worden sind, sprachen aus allen Zügen seines offenen, jugendlichen Gesichts. Er führte den alten Herrn, den er bei dem General und geheimen Staatsrath Grafen Lottum zuweilen gesehen und an seiner geistvollen, für das Vaterland begeisterten Unterhaltung viel Gefallen gefunden hatte, in seine Wohnung, und sorgte in der liebenswürdigsten Weise für seine Bequemlichkeit, ehe er ihm auf all' seine Fragen genügend antwortete. Nur, daß er eine zweite Depesche von York gebracht habe, erfuhr Neuhauß.

„Haben Sie denn gehört, was vorgestern hier geschehen ist?" fragte er selbst dann zuerst. Neuhauß wußte von Nichts. — „Denken Sie sich, die Franzosen haben mit Gewalt hier und in der Gegend Quartier nehmen wollen, gegen alle Verträge!" fuhr der Graf fort. „Eine Division, aus Italien gekommen, war in die Mark eingerückt. Vorgestern marschirte auf einmal eine Brigade von viertausend Mann gegen Potsdam und verlangte ohne Weiteres Quartier; natürlich wurde es abgeschlagen, und als die unverschämte Forderung sich wiederholte, vorgestern Abend in aller Stille, ohne daß es der König wußte, die ganze Garnison im Lustgarten zusammengezogen."

„Es gilt der Person des Königs!" rief Neuhauß erschrocken.

„So glauben Viele, nur der König selbst nicht," erwiederte Graf Brandenburg. „Als er es erfuhr, mußten die Truppen wieder einrücken, der Staatskanzler hatte ihm aus Berlin allerlei schöne Dinge über Augereau berichtet. Die Commandeure ließen natürlich abmarschiren, aber sie behielten die Truppen doch auf anderen Plätzen während der ganzen Nacht zusammen und schickten Cavaleriepatrouillen in der Richtung auf Brandenburg aus, wo die Franzosen stehen, um gegen einen Ueberfall, so wie einen Gewaltstreich gesichert zu sein."

„Der König sollte seine Residenz verlegen! Er sollte den treulosen Alliirten, der die Verträge selbst zerreißt, aufgeben, Ihrem General, der doch nur im Geiste seines Königs gehandelt hat, den zweiten Schritt gestatten, — ein Wort des Königs und das Volk erhebt sich, wie Ein Mann, von der Memel bis zum Rheine, wo einst preußische Fahnen wehten, und zermalmt seine Feinde!"

Die feurige Rede weckte auch in der Brust

des Königssohnes verwandte Saiten. „Die Zeit wird kommen!“ sagte er mit freudiger Ueberzeugung. „Ich bin natürlich nicht in den Rath des Königs gezogen worden, aber ich weiß, daß die Zeit kommen wird, die jeder gute Preuße so heiß herbeiwünscht. Jetzt schon das Signal zu geben, ist unmöglich. Die Franzosen halten Berlin und die Festungen besetzt und haben Verstärkungen in das Land gezogen; unser einziges Corps, das zusammengezogen ist, das York'sche, steht noch über hundert Meilen von hier an der russischen Grenze, sonst ist Alles zerstreut — wir haben dem Feinde, wenn wir ihm den Krieg erklären wollen, keine Armee entgegenzusetzen, und einen Volkskrieg, wie in Spanien oder damals in Tyrol, mit allen seinen Gräueln hervorzurufen — dazu, mein hochverehrter Herr, kann sich das Herz des Königs nicht entschließen. Wohl ist eine Anfrage hieher gekommen, ob man nicht über die aufgelösten französischen Banden in ihrem elenden Zustande herfallen solle, der König hat sie mit Unwillen zurückgewiesen — wir wollen als ehrliche Leute, nicht als Mörder kämpfen! Glauben Sie nur, daß Alles schon dazu vorbereitet wird. General Bülow hatte längst Befehl erhalten, in Preußen die Krümper und Militärpflichtigen einzuziehen und neue Bataillone zu formiren; dasselbe ist in der Mark und in Pommern geschehen, Sie werden das bald zu Hause sehen. In Schlesien — doch ich will nicht davon reden, wenn Sie noch eine kurze Zeit in Potsdam bleiben, werden Sie es ja selbst erleben. Ich spreche überhaupt nur als Soldat, die politischen Verhältnisse kann ich nicht so beurtheilen, da mich Hardenberg nicht zum Vertrauten gewählt hat und ich aus dem Felde komme. Sie sind aber verwickelt genug und lassen sich nicht sogleich, wie der gordische Knoten, mit dem Schwerte durchhauen. Geduld, lieber Herr von Neuhauß, nur noch eine kleine Weile Geduld, dann werden wir frei aufathmen."

„Unterdessen aber verstärkt sich der Feind mit jedem Tage! Selbst die Person des Königs ist in Gefahr!"

„Sorgen Sie nicht! In einigen Tagen werden Sie mehr hören!"

Neuhauß beschloß wirklich, noch eine kurze Zeit in Potsdam zu bleiben, da er aus den Mittheilungen des Grafen Brandenburg in seinen Anfangs so herabgestimmten Hoffnungen wieder gestärkt war: vielleicht entwickelten sich die Dinge doch rascher, als die Schwierigkeiten fürchten ließen. Wenn die Franzosen nur nicht, mißtrauisch ge=

worden durch die Rüstungen Preußens, sich durch einen Gewaltstreich der Person des Königs bemächtigten und ihn als Gefangenen fortführten, um sein Volk durch die Besorgniß für den geliebten Monarchen im Zaume zu halten! Der Versuch, gegen die geschlossene Uebereinkunft Potsdam zu besetzen, schien Unheil zu verkünden.

Allerdings war Gefahr für den König. Der französische Gesandte schien zwar den Freundschaftsversicherungen, welche ihm der Staatskanzler Hardenberg wiederholt machte, noch immer Glauben zu schenken, und seine Berichte sprachen das auch aus; er regte sogar die Idee an, das preußische Königshaus durch eine Vermählung des Kronprinzen mit einer Nichte des Kaisers eng an das Interesse Napoleon's zu knüpfen, aber der König hatte in einer Audienz bei allen schönen Redensarten, zu denen er seine redliche deutsche Natur zwingen mußte, gegen St. Marsan ein Wort fallen lassen, welches diesen stutzig gemacht hatte. „Unter den jetzigen Umständen ist es ein Glück, daß Preußen ruhig ist,“ hatte er geäußert, „denn wenn es in diesem Lande einen Aufstand gäbe, so wäre dies der Funke, der ganz Deutschland entzünden würde!“ Dieses Wort, das sich bald als ein wahrhaft prophetisches bekunden sollte, war dem Franzosen nicht verloren gegangen. Die Stimmung des preußischen Volkes war ihm, auch ohne das Netz von Spionen, mit denen Preußen, wie ganz Deutschland übersponnen war, bekannt genug, das Volk gab sich wenig Mühe, seinen Haß gegen die Franzosen zu verhehlen, und diese sprachen selbst ganz offen davon. Aber selbst in den deutschen Ländern, welche am Wenigsten von der Fremdherrschaft litten, auch in Süddeutschland, wo Napoleon's Gnade den Fürsten und ihren tapferen Heeren, welche für ihn gekämpft, im reichen Maße zu Theil geworden war, regte sich seit dem unglücklichen Ausgange des russischen Feldzugs wieder der deutsche Nationalgeist mächtig — darüber lagen unzweideutige Berichte vor. Der Funke, wenn er in Preußen aufsprühte, mußte ganz Deutschland entzünden — König Friedrich Wilhelm hatte die Wahrheit gesagt — und es kam nur darauf an, den Funken nicht aufsprühen zu lassen. Konnte der König die Ruhe seines Landes, auch wenn es ihm mit seinen Versicherungen wirklich Ernst war, bei der gefährlichen Volksstimmung und gegen dieselbe, auf die Dauer aufrecht erhalten? Als Gefangener wäre er vielleicht ein Bürge dafür geworden!

Obgleich es zweifelhaft war, wie weit diese

Erwägungen auch bei dem Marschall Augereau, der in Berlin commandirte, schon durchgedrungen und ihn zu einem Vorhaben gegen die Sicherheit des Königs geführt haben mochten, die treuen Räthe und Freunde des Monarchen durften es nicht auf das Aeußerste ankommen lassen. Hier war er gehemmt in allen seinen Entschließungen, eine andere Residenz nur gab ihm die volle Freiheit des Handelns zurück. In aller Stille wurden die Vorbereitungen getroffen, die Garden erhielten Befehl, sich marschfertig zu halten, das Kriegsmaterial wurde, so weit es möglich, von Potsdam in Sicherheit gebracht. Und so erfuhr Herr von Neuhauß nach einer unruhig verlebten Nacht des Morgens zu seiner freudigsten Ueberraschung die Kunde, welche ganz Potsdam durchlief: der König war unter Escorte seiner Gardes-du-Corps abgereist! Die übrigen Gardetruppen folgten, es waren damals bei der so verringerten Armee deren nur wenige.

Der Marsch wurde so eingerichtet, daß ein Zusammentreffen mit den französischen Truppen, welche sich mittlerweile in diesem ganzen Theile der Mark ausgebreitet hatten, möglichst vermieden werden sollte, und daß die königliche Familie, die zwei Tage nach dem Könige und dem Kronprinzen aufgebrochen war, immer da, wo sie Nachtlager machte, bewacht und geschützt wurde. In Beeskow nahm der König sein erstes Nachtquartier, dann reiste er weiter nach Schlesien. Ihm folgte auf dem Fuße der Staatskanzler; die fremden Gesandten, vorzüglich St. Marsan, welchen dieser Schritt bestürzt machte, eilten, sich dem Hofe wieder anzuschließen. Viele hochgestellte und bedeutende Männer, theils berufen, theils freiwillig, brachen nach Breslau auf. In Berlin hatte der König eine Ober-Regierungs-Commission eingesetzt, welche in seinem Namen bei dringenden Fällen, wo die Entscheidung nicht schnell genug eingeholt werden konnte, die nöthigen Verfügungen treffen sollte; äußerste Vorsicht zur Vermeidung jedes Conflicts mit den Franzosen war ihr zur Pflicht gemacht, und die Namen ihrer Mitglieder bürgten dafür, daß sie diesem Vertrauen entsprechen würden: es war der Staatsminister Graf Goltz, der Justizminister von Kircheisen, die geheimen Staatsräthe General Graf Lottum, von Schuckmann und von Bülow.

Durch Berlin fluthete während dieser Zeit Tag für Tag der Strom der jammervollen Reste der großen französischen Armee, bunt gemischte Massen von Soldaten und Officieren aller Grade, aller Waffen und Nationen, ohne Ordnung, ohne Führung, im elendesten Zustande, — die meisten höheren Generale waren schon vorausgeeilt, um sich in Frankreich dem Kaiser für seine neuen Organisationen zur Verfügung zu stellen.

Fünftes Kapitel.

Auch in die Einsamkeit von Wedderin war, noch ehe der Gutsherr zurückkehrte, manche Verordnung der Behörden gelangt, welche auf außerordentliche Maßregeln schließen ließ. Beurlaubte Mannschaften, die sich in Wedderin und den benachbarten Dörfern befanden, hatten Ordre erhalten, sich bei ihren Truppentheilen zu stellen; auch wurden die sogenannten Krümper eingezogen, wie sie nach einer ursprünglich halb scherzhaften, den vielen Tuchmachergesellen geltenden Bezeichnung nun ganz officiell hießen. Unter den Bauern verbreitete sich eine große Aufregung, welche von dem alten Drobisch und seinem Freunde Kurnatis nicht wenig genährt und selbst von dem Pastor durch seine Aeußerungen mehr gesteigert als beschwichtigt wurde.

„Mon ami,“ sagte Frau von Winneberg, welche vor Langerweile und Ungeduld auf dem unwirthlichen Schlosse fast verging und dennoch auf den Vorschlag ihres Mannes, den ungalanten Vetter, der sie heimlich verlassen hatte, gar nicht zu erwarten, nicht hören wollte, „ich habe an Eduard geschrieben. Was hier vorgeht, macht es uns zur Pflicht gegen unsern Souverain, daß wir, so viel an uns ist, verhüten, daß heimliche Brandstifter in seinem eigenen Lande ihr Wesen treiben.“

„Soll aber unser Eduard etwa als Denunciant —“

„Das ist freilich ein häßliches Wort!“ unterbrach sie ihn. „Ich stelle Eduard ganz anheim, was er thun will, ich habe ihn nur auf diesen Gerhardt aufmerksam gemacht, der gewiß nicht der einzige Schlechtgesinnte in Halle ist.“

„Ach, ma chère,“ sagte Winneberg seufzend, „mir kommt es oft vor, als säßen wir ahnungslos wie die Fliegen auf einer Pulvertonne.“

Sie antwortete darauf nur mit einem verächtlichen Achselzucken, das er an ihr schon kannte. Dann beklagte sie sich wieder über ihren Vetter, der die gewöhnlichste Gastfreundschaft gegen sie mit Füßen trete, und gestand endlich selbst, daß der Zeitpunkt für die Verwirklichung ihrer Hoffnungen sehr ungünstig sei; freilich habe sie nicht ahnen können, welche Wendung der Dinge plötzlich eintreten und Neuhauß ganz unempfänglich gegen alles Andere machen werde. „Dennoch müssen wir ausharren!" schloß sie. „Wir würden uns später Vorwürfe machen, wenn wir das Feld, ohne wenigstens Etwas versucht zu haben, geräumt hätten! — Welches Volk hier! Welche Aufnahme! Diese alte mürrische Person, die sich Mamsell nennen läßt und uns bewirthet, als wären wir Betteleute — Gerichte, die kein civilisirtes Land kennt: Backobst mit Klößen, Milchreis mit Wurst, Sauerkraut und dicke Erbsen! Und die groben Bauern, die kaum wissen, ob sie uns grüßen sollen; der plumpe Mensch, der hier das Factotum scheint — dann die häßlichen Weibsleute! Was sagst Du zu der Amazone, der wir gestern auf unserer Spazierfahrt begegneten — zu Pferde, im Galopp und nicht einmal quer sitzend, sondern wie ein Mann!"

„Aber doch decent genug, ma chère! Du sagtest das selbst, und die Erscheinung war Dir interessant."

„Widerwärtig!" rief Frau von Winneberg, welche den ersten nicht ungünstigen Eindruck abläugnen wollte. „Dir scheint die rothhaarige, üppige Cürassierschönheit gefallen zu haben, ein beneidenswerther Geschmack!"

„Mein Geschmack, ma chère," erwiederte er, sich mit der Gewandtheit eines Höflings gegen sie verneigend, „scheint mir doch über alle Anfechtung erhaben zu sein."

Sie lächelte bitter und zuckte abermals die Achseln. „Hast Du einen Plan entworfen," fragte sie dann, „wie Du unsern Cousin unverfänglich, als käme Alles aus ihm selbst, zu einem Schritte für uns veranlassen willst?"

„Du weißt, daß ich Dir nicht vorgreife; Du verstehst das viel feiner als ich!" erwiederte er. „Wenn er nur erst hier wäre!"

Sie durften nicht lange mehr auf ihn warten. In Potsdam war keine weitere Wahrnehmung zu hoffen, die Residenz hatte sich für ihn entvölkert; er begnügte sich damit, aus bester Quelle das Ziel der königlichen Reise erfahren zu haben, und kehrte dann nach Hause zurück, wo er nun alle seine Verbindungen benutzen wollte, um dem Gange der Ereignisse mit frischem Herzen folgen zu können. Daß der Flügel-Adjutant von Natzmer noch vor der Abreise des Königs zurückgekommen war, ohne von den Russen durchgelassen worden zu sein, um York's Absetzung zu bewirken, wußte Neuhauß, aber er ahnte noch nicht, daß Natzmer die geheime Instruction gehabt, dem Kaiser Alexander ein Schutz- und Trutzbündniß anzubieten, wenn dieser den Krieg fortsetzen und unverzüglich die Weichsel und Oder überschreiten wolle, und daß der Kaiser den Antrag angenommen hatte! Der treue Patriot lebte aber der Hoffnung, daß in Breslau sich die Männer der That: Blücher, Scharnhorst, Gneisenau, um den König sammeln und jene ängstlich abwägende und abwartende Parthei, welche auf Oesterreich blickte und sich dessen erst versichern wollte, glücklich überwinden würden. Krieg! Krieg! war die Losung, welche durch das ganze Volk ging, wenn sie auch noch nicht in ein lautes Feldgeschrei ausbrechen durfte.

In dieser gehobenen Stimmung kam Neuhauß in Wedderin an, und wurde sich nun erst der Vernachlässigung bewußt, die er sich gegen seine Verwandten hatte zu Schulden kommen lassen. Sie hatten die weite Winterreise unternommen, um ihn, den sie krank geglaubt, zu sehen, sie waren gegen ihn so freundlich und liebevoll, und er, in dessen Herzen ein so warmes Gefühl für alle seine Verwandten lebte, hatte sie auf so viele Tage hier verlassen, wo sie sich, das mußte er selbst einsehen, in seiner mangelhaften Junggesellenwirthschaft nicht wohl fühlen konnten. Mußten denn aber, wo eine Welt aus den Fugen zu gehen drohte, wo die höchsten und heiligsten Güter des Vaterlandes auf dem Spiele standen, nicht diese kleinlichen Hausinteressen selbst dem wohlwollendsten Gemüthe schwinden? Er hatte, als er sich Wedderin näherte, gefürchtet, daß er Winnebergs gar nicht mehr finden werde, und es war ihm sehr lieb, bei der Einfahrt in das Dorf schon zu hören, daß sie noch hier waren. In dem Gefühle des Unrechts gegen sie milderte sich auch das Urtheil, das sein scharfer Blick bereits über Beide gewonnen hatte. Seit der Unglückszeit hatte er sie aus dem Gesichte verloren, Winneberg hatte als Unterthan des neuerrichteten Königreichs Westphalen den preußischen Dienst verlassen, um nicht in seiner Heimath Alles zu verlieren; seitdem war zwar ein Briefwechsel zwischen ihnen unterhalten worden, den besonders Neuhauß' Cousine, eine sehr gewandte Briefstellerin, belebte, aber gesehen hatten sie sich nicht mehr, und aus den vorsichtig und fein gehaltenen Mittheilungen hatte er nicht herauslesen können, was er doch gern gewußt hätte; freilich war ihm wohlbekannt, daß das Briefgeheimniß in Westphalen, obschon durch die neugebackene Verfassung garantirt, wenig geachtet wurde, vorzüglich bei einer Correspondenz nach und aus Preußen. Er hatte darum auch in seinen Antworten stets Alles vermieden, was seine Verwandten compromittiren konnte. Jetzt war er sehr zweifelhaft über sie geworden, weniger über den guten Winneberg, den er als ein schwankendes Rohr kannte, als über die Cousine. Etwas leichtfertig war sie in ihrer Jugend gewesen, wenn man ihr auch nichts Strafbares nachsagen konnte, die Frivolität am Hofe des vorigen Königs hatte auch auf sie ihren Einfluß geübt — nun war sie älter, und der Hof zu Kassel, wo die Unsittlichkeit schamlos auftrat und selbst deutsche Frauen ihre Ehre in der Schande uchten, hätte wohl ihr Gemüth mit Abscheu füllen können, der Druck und die Schmach, welche auf dem Volke hafteten, sie bei ihrem klaren Verstande nicht unempfindlich lassen sollen, gleichwohl hatte sich die Cousine gegen ihn, dessen Ueberzeugung sie doch kannte, über allgemeine Verhältnisse stets in einer Weise geäußert, als lausche der Chef der westphälischen Gensdarmerie, dem auch die hohe Polizei übertragen war, hinter jeder Thür in Wedderin, um ihre Worte gleich dem Könige Jerôme zu melden. Das war die lange, knechtische Gewöhnung, die selbst stolze Seelen, wie Emma

Neuhauß schon als Mädchen unstreitig gewesen war, zu beugen verstanden hatte.

Er begrüßte die Verwandten bei seiner Ankunft gleich mit der Entschuldigung, welche er am Besten in den Nachrichten fand, die er mitbrachte. Sie zu verschleiern glaubte er keine Ursache zu haben. Nach seiner Ansicht war die Entfernung des Königs aus dem Bereiche der Franzosen der sicherste Beweis, daß er mit ihnen brechen werde, und die Rüstungen, welche eifrig betrieben wurden, machten es zur Gewißheit. Winneberg's schwacher Einwurf, daß diese Rüstungen eben so gut für seinen bisherigen Allirten geschehen könnten, wurde zu seinem größten Erstaunen von seiner eigenen Frau zurückgewiesen, in welcher sich jetzt die Schlesierin zu regen begann. Sie gab dem Vetter Recht, auch sie glaubte, daß der König das Schwert gegen Napoleon ziehen werde, aber sie sagte einen furchtbaren Kampf voraus. Darüber verblendete sich auch Neuhauß gar nicht, es wurde ein Vernichtungskampf für Preußen oder für Napoleon. Doch hoffte er, daß Preußen nicht allein stehen, sondern ganz Deutschland bald sich erheben werde, es galt ja auch Deutschlands Ehre!

Noch spät Abends mußte Kurnatis zum Königsluch hinüber gehen, um dem Förster zu sagen, was sein Herr in Potsdam erfahren hatte. Neuhauß schrieb unterdessen Briefe an seine Freunde in Schlesien, an mehrere Bekannte in der Umgebung des Königs, auch an den Amtmann Gerhardt, den er seinen Nachbar nannte, obgleich das sächsische Grenzstädtchen, in welchem er die Justiz verwaltete, drei Meilen entfernt lag. Diese Briefe, obschon sie nur kurz waren, hielten ihn über seine gewohnte frühe Schlafstunde auf; er hatte sich von Winnebergs gleich nach dem Abendessen getrennt und wollte eben in sein Cabinet und zur Ruhe gehen, als leise an seine Thür geklopft wurde. Die Cousine war es, welche bei ihm eintrat, sie kam allein, und ihr ernstes Gesicht verrieth, daß sie noch ein Anliegen hatte.

„Winneberg hat sich schon niedergelegt," sagte sie. „Ich konnte noch keine Ruhe finden, da ich von all' dem Gehörten zu aufgeregt bin, ich war daher im Wohnzimmer zurückgeblieben. Es ist natürlich die Bangigkeit um die bevorstehenden schweren Tage, welche meinem geliebten Vaterlande drohen, das ich nie vergessen habe, es ist aber auch die Sorge um unsere eigene Existenz. Deshalb komme ich, Ihren Rath zu erbitten, lieber Vetter."

Sie setzte sich zu ihm und schien wirklich sehr

aufgeregt zu sein. Er suchte sie zu beruhigen und versprach ihr nach seinen Kräften Rath und Hülfe, wenn sie ihm nur sagen wolle, worin.

„Von der Lage des Adels in Westphalen werden Sie gehört haben, lieber Vetter," begann sie. „Man hat ihm Zumuthungen gemacht, welche sich — nach meinem Gefühl! — kaum mit der Ehre vertragen: Sie wissen darum!"

Neuhauß war nicht genau orientirt, er entsann sich dunkel, im vorigen Jahre etwas von Maßregeln der westphälischen Regierung gegen den Adel gehört zu haben, in welchem sie, wie jede aus dem Umsturz der alten Verhältnisse hervorgegangene Regierung ihren natürlichen Feind erblickte, aber er entsann sich deren nicht mehr klar; die Dinge in dem neufränkischen Königreich, das er Deutschlands Schande nannte, widerten ihn zu sehr an, um sich viel damit zu beschäftigen.

„So hören Sie denn!" sagte Frau von Winneberg. „Wie der Kaiser in Frankreich einen neuen Adel geschaffen hat, so soll es auch bei uns sein. Im Herbst vor zwei Jahren — im September Eilf — erschienen auf einmal drei Decrete, ganz Napoleonisch. Im Königreich Westphalen sollte Niemand fortan einen Adelstitel führen, Wappen oder Livreen haben — denken Sie,

Cousin! — dessen Rechte darauf nicht einer Prüfung unterworfen und vom Könige bestätigt oder, was er sich vorbehielt, von ihm neu verliehen würden. Nun frage ich Sie, ob das durchzuführen ist? Gerade die ältesten Familien, deren Ursprung in die graue Vorzeit fällt, besitzen darüber gar keine Documente: der Briefadel, habe ich mir sagen lassen, ist viel später entstanden."

„Sie haben Recht," erwiederte Neuhauß. „Es wird aber doch nur darauf ankommen, daß das Geschlecht bereits seit mehreren Generationen den Adel geführt hat und dieser anerkannt worden ist."

„Je nach dem Belieben des Königs!" versetzte sie. „Wer kann ihn zur Rede stellen, wenn er bei dem Einen anerkennt, was er bei dem Andern verwirft? Es ist ein Schlag gegen den alten deutschen Adel, das können Sie mir glauben. Aber das zweite Decret verschärft ihn noch. Auch bei den sonnenklarsten Beweisen wird Keiner anerkannt und in seinen Rechten bestätigt, bis er dem Könige einen besondern Eid der Treue und des Gehorsams, neben dem allgemeinen Unterthaneneide, geleistet hat. Damit will er den Adel außer seiner Abhängigkeit vom Throne auch noch mit unauflöslichen Ketten an seine Person fesseln!"

Neuhauß fuhr auf. — „Hat Winneberg diesen Eid geleistet?“

„Noch nicht!“ versicherte sie. „Wir haben uns bis jetzt beiden Verfügungen unter allerlei hinhaltenden Vorwänden zu entziehen gewußt, aber wird das auf die Dauer möglich sein?“

„Auf die Dauer!“ rief Neuhauß. „Glauben Sie denn an eine lange Dauer der Kasseler Herrlichkeit? Zusammenstürzen wird der frech gebaute Thron wie ein Kartenhaus, vielleicht schon in wenigen Wochen!“

„Und wenn der Riesenkampf, der sich vorbereitet, doch längere Zeit, wenn er Jahre fordert? Sie selbst haben ihn einen Vernichtungskampf genannt und Napoleon's Macht wie sein Genie nicht gering angeschlagen! Unterdessen gehen wir zu Grunde!“

Wie konnte man bei diesem Weltereigniß an seine eigene armselige Wohlfahrt denken! Der alte, gebrechliche Mann, der nicht seine Person einsetzen konnte, war schon jetzt entschlossen, dem Vaterlande Alles zu opfern, wenn es verlangt wurde! Emma war aber ein schwaches Weib, er mußte nachsichtig gegen sie sein.

„Was haben Sie zu befürchten,“ fragte er mild, „wenn Sie der Verfügung nicht nachkommen? Den Verlust des Adels? Werfen Sie ihn hin, den bloßen Titel, den Ihnen der Emporkömmling nicht gelten lassen will — werden Sie dadurch an Werth verlieren? Den Adel, den wir als das heiligste Vermächtniß unserer Ahnen hier tragen sollen" — er legte die Hand auf die Brust — „den Adel in der Gesinnung, im Denken, Fühlen und Handeln — den kann Ihnen keines Königs Machtspruch rauben, wie ihn auch kein Wappenbrief geben kann!" Würde nicht ganz Deutschland den Adel Ihrer Lande mit staunender Verehrung hoch halten, wenn er lieber seinen Titeln entsagte, als dem aufgedrungenen Fremdling den Eid persönlicher Treue zu leisten! Ich weiß sehr wohl, daß die Verhältnisse oft mächtiger sind, als der Wille, und daß leider im deutschen Adel die Entartung des vorigen Jahrhunderts nur zu traurig gewirkt hat. Einer oder der Andere könnte jedoch immerhin ein vorleuchtendes Beispiel geben, und ich würde stolz darauf sein, wenn es von mir gefordert würde."

„Ihre Seelengröße ist bewundernswerth!" sagte Frau von Winneberg und ihre Stimme zitterte. Doch faßte sie sich gewaltsam, um sich nicht zu verrathen, und unterdrückte die Ironie, welche unwillkürlich in ihren Worten ausgebrochen war. „Freilich kann uns König Jerôme unsern Adel, den wir ihm nicht verdanken, nicht nehmen, wenn wir uns auch nur bürgerlich schreiben dürften. Aber für die Verweigerung des Eides, welche als Majestätsbeleidigung, Hochverrath gedeutet wird, droht uns Confiscation unserer Güter — der Bettelstab! Wir haben Kinder — —"

„Würden Sie darum verlassen sein?" rief Neuhauß warm. „Haben Sie nicht Verwandte, welche die Größe Ihres Opfers, die Hochherzigkeit desselben anerkennen würden? — Und wenn Ihr Stolz sich sträubt, von der Gnade der Verwandten zu leben, würde nicht Ihre Zukunft wenigstens gesichert werden!"

„Mein edler Vetter!" sagte Frau von Winneberg weinend.

„Bauen Sie fest auf mich! Ich bin Ihr nächster Verwandter, unsere Väter waren Brüder — wie sollte ich Sie verlassen!"

„Ich schäme mich nicht, dieses Wort anzunehmen!" rief sie, seine Hand ergreifend. — „Ich weiß, daß Sie es unverbrüchlich halten, gegen alle Anfechtung unantastbar! Wir sind — lassen Sie es mich gestehen — als wir auf das Aeußerste gebracht waren, keinen Vorwand, keine Ausflucht mehr fanden, um einer endlichen Entscheidung, zu der wir gedrängt wurden, zu entgehen, aus der Heimath abgereist, in der Hoffnung, Zeit zu gewinnen. Eine traurige Nachricht, welche ich gestern von meinem Sohne Ferdinand erhielt, hat uns diese Hoffnung geraubt. Man will die Erklärung unserer Reise nicht gelten lassen, man sieht dieselbe — mit Recht freilich! — für einen neuen Winkelzug an und droht uns mit den strengsten Maßregeln. Ferdinand selbst, der bei der Garde des Königs steht, ist in die unangenehmste Lage gekommen! Vetter, wenn Sie mich nicht mit Ihrem Troste aufgerichtet hätten, ich müßte verzweifeln. Schelten Sie mich nicht selbstsüchtig, geben Sie mir nicht gar niedrigen Eigennutz Schuld, daß ich Ihre edle Großmuth so rückhaltlos angenommen habe — es ist ja nicht für mich, sondern nur für meine Kinder, darum bitte ich Sie dringend, lassen Sie die Gegenwart und was uns zunächst betreffen könnte, ganz unberücksichtigt — nur meiner Kinder Zukunft lege ich in Ihre Hand!" — Sie stand rasch auf, sie drückte ihr Tuch vor die Augen, winkte ihm einen Abschiedsgruß und eilte aus dem Zimmer. Neuhauß blieb in einer seltsamen Stimmung zurück: sie hatte wirklich einen Sieg errungen, in seiner Brust einen Nerv getroffen, und seinen innigen Antheil geweckt, gleichwohl fühlte er sich nicht befriedigt, wie sonst, wenn er fremden Kummer durch werkthätige Hülfe gelindert hatte.

Winneberg war noch keineswegs zur Ruhe gegangen, so spät es auch schon war, er erwartete vielmehr in dem Gastzimmer, das ihnen angewiesen war, die Rückkehr seiner Frau in ängstlicher Spannung. Sie hatte ihm nur gesagt, daß sie das Eisen, so lange es heiß, schmieden, die überaus liebreiche Stimmung des Vetters, die sie wohl bemerkt hatte, benutzen wolle, aber nicht, wie sie das anzufangen gedenke, und welche hohe Meinung er auch von ihrer Geschicklichkeit hegte, so überwog doch der Respect, den ihm selbst das geistige Uebergewicht des Vetters eingeflößt hatte. Jetzt hörte er ihren flinken, festen Tritt und das Rauschen ihres Kleides; sie trat ein, ihre Augen strahlten. „Victoria!“ sagte sie und er athmete auf, als sei ihm ein Stein von der Brust gefallen. Sie war sonst nicht gewohnt, ihm viel Rechenschaft von ihren Handlungen zu geben, hier hielt sie es aber doch für nöthig, ihm Alles, was sie dem Vetter gesagt hatte, genau zu erzählen, damit er nicht unwillkürlich das ganze Spiel wieder verderbe. Seine Augen wurden bei ihrer Rede immer größer, so daß sie plötzlich inne hielt und lachend rief: „Du machst ein so geistreiches Gesicht, mon ami, daß es Schade ist, Dich nicht in diesem Momente portraitirt zu haben!“

„Aber um Gotteswillen, ma chère! Wenn er nun erfährt —“

„Was soll er erfahren? Sind die Decrete, die ich ihm genannt habe, etwa nicht wahr?“

„Aber wir! Ich habe mich doch wie all' die Anderen —“

„Du hast gethan, was nicht zu ändern war. Ein phantastischer Thor, der anders gehandelt hätte! Wer wird ihm das aber erzählen? Wird er etwa sich in Kassel erkundigen, den Hallenser Studenten, der für seinen Vater spionirt, beauftragen, auch für ihn das Métier zu treiben? Seine Seele ist die eines Kindes, sag' ich Dir, er kann gar keine Zweifel in meine Worte setzen. Also merke Dir genau, was ich Dir gesagt habe, damit wir nicht zweierlei Rede führen. Um Dich aller Gefahr zu entziehen, wollen wir, nun unser Zweck erreicht ist, abreisen, sobald es mit Anstand geschehen kann. Ich habe mich hier zum Sterben gelangweilt und sehne mich wieder in eine heitere, civilisirte Gesellschaft zu kommen, wo man die Freuden des Lebens genießt, ohne sich mit Grillen zu plagen.“

„Haben wir denn aber unsern Zweck ereicht?“ fragte der Gatte kleinlaut.

„Dafür bürge ich!“ versicherte sie. „Ich habe sein Wort, über dessen Deutung ich ihm keinen Zweifel gelassen, und er hat mir nicht widersprochen. Halte Dich nur morgen, mon ami, ich werde Dir, ehe wir zum Frühstück gehen, noch einmal Alles wiederholen, denn er wird nun jedenfalls auch mit Dir darüber sprechen; gieb Dir einmal selbst einen rechten Schwung und trage so stark auf, wie Du willst — nur keine Widersprüche! Uebermorgen reisen wir ab.“

Dabei blieb es. Der folgende Tag flößte Frau von Winneberg eine ungewohnte Achtung vor ihrem Manne ein, er übertraf ihre kühnsten Erwartungen und bestand die Prüfung in dem eingehenden Gespräche mit dem Vetter über die fragliche Angelegenheit vortrefflich. Nur einmal gerieth er etwas in Verlegenheit, als Neuhauß vorschlug, die ihm angedrohten Maßregeln hier ruhig abzuwarten, da sie vielleicht durch die Gewalt der Ereignisse verhindert würden. Ein Blick auf seine Frau stählte ihn aber wieder, und er lehnte den Vorschlag mit Gründen ab, welche der Vetter nicht verwerfen konnte. Durch seine Gegenwart konnte er immer noch hoffen, die Entscheidung zu verzögern, wenigstens durfte er sich dann keinen Vorwurf machen, Etwas versäumt zu haben. „Deine Freundschaft, Deine treue Sorge für unsere Zukunft bleibt mir ja sicher!“ sagte er. „Geschwisterkinder verlassen sich nicht.“

Der Abschied am andern Morgen war ein herzlicher, von Neuhauß' Seite ohne Falsch; Frau von Winneberg konnte sich heute aufrichtiger Thränen nicht erwehren, seine Lauterkeit erweckte in ihr ein tiefes Gefühl der Beschämung, das sie noch lange im Wagen schweigsam erhielt, als sie den Grenzhügel von Wedderin längst hinter sich hatte. Neuhauß war nun wieder allein und dachte ernstlich daran, sein den Verwandten gegebenes Wort zu erfüllen, obgleich dasselbe anders von ihnen aufgefaßt war, als er es Anfangs gemeint hatte. War es aber nicht in der geängstigten Stimmung der Mutter, welche für ihren Mann denken und handeln mußte, verzeihlich, daß sie den ihr gebotenen Trost, der ihr auch Hülfe zusagte, gleich in dem umfassendsten Sinne nahm, der von Neuhauß nicht mißverstanden werden konnte. Er hatte bei der Niederlegung seines letzten Willens, den er kürzlich für nöthig gehalten hatte, seine nächste Verwandte nicht vergessen; da er jedoch wußte, daß Winneberg in sehr guten

Verhältnissen war, so hatte er dies Legat nur als einen Beweis seines freundlichen Angedenkens behandelt — jetzt glaubte er darin eine Aenderung treffen zu müssen, und wie er bei seinen Entschlüssen nicht lange zauderte, so fuhr er bald nach der Stadt, um bei seinem Justitiar ein neues Testament aufnehmen zu lassen. Der Tod konnte ihn überraschen, andererseits wollte er all' seine Privatangelegenheiten hinter sich haben, damit er sich mit voller Seele den Angelegenheiten seines Vaterlandes hingeben könnte.

Aus Breslau erhielt er bald gute Nachrichten. Der König hatte den General Scharnhorst, welcher vor drei Jahren, als Chef des Kriegsdepartements Napoleon verdächtig, hatte zurücktreten müssen, zum General-Quartiermeister der Armee ernannt, und die Rüstungen gingen eifrig vorwärts. Auch in Schlesien, wie schon früher in Preußen, Pommern und der Mark, war die Einziehung der Krümper und Beurlaubten, die Aushebung von Rekruten und Remonten angeordnet, hier hatte dieselbe keine Schwierigkeiten, während allerdings Preußen großentheils von den Russen, mit denen die Verhältnisse noch nicht abgeklärt, und die Kurmark von den Franzosen besetzt war. Aus Preußen erhielt Neuhauß nun von seinem Neffen Lomnitz einen ausführlichen Brief, der aber nur aus dem beschränkten Gesichtskreise eines jungen Officiers geschrieben war. Er ersah daraus, daß York, welchem seine Absetzung nur aus den Zeitungen bekannt geworden, dagegen eine Erklärung erlassen, es sei dies in Preußen nicht Sitte und er werde sein Commando bis auf erhaltenen Befehl des Königs fortführen, daß er darauf mit seinem Corps in Königsberg eingerückt war und das Gouvernement, das während seiner Abwesenheit General Bülow geführt, wieder übernommen hatte; er las ferner mit Bedauern, daß die Russen Preußen wie eine eroberte Provinz ansahen und wohl für sich behalten würden, was Lomnitz mit etwas weitgreifender Phantasie durch großartige Ausgleichungen in Deutschland auf Kosten der Alliirten Napoleon's ersetzen wollte — aber mit Freuden hörte er, daß der Freiherr von Stein mit einem „gewissen" Arndt — Neuhauß lächelte über seinen naiven Dragoner-Lieutenant — in Königsberg angekommen sei: was über das Auftreten Stein's wie ein gebietender Herr in Preußen, als sei es schon eine russische Provinz, gesagt war, machte ihn nicht irre; Stein konnte nur im Interesse Preußens handeln, das vorzüglich ihm seine Wiedergeburt verdankte. Und so beschied er sich denn in Geduld, wie sich die Zeit erfüllen werde. Die gleiche Erwartung, daß die Beschlüsse des Königs offen hervortreten und allen Zweifeln seines kriegsmuthigen Volkes ein Ende machen würden, führte oft benachbarte Gutsbesitzer nach Wedderin. Hier würde ein französischer Spion reichen Stoff zu Denunciationen gefunden haben, aber die Rolle dieses Gesindels war in Preußen ausgespielt, seit es Gefahr für sein eigenes Leben in der Erbitterung des Volkes sah. Der Förster Drobisch kam fast täglich einmal nach dem Schlosse, um Neuigkeiten zu hören, oder der alte Kurnatis trug ihm eingegangene Nachrichten zu. „Ich habe meinem Herrn schon oft gesagt," äußerte dieser wiederholt, „daß ich mitgehe, wenn Alarm geblasen wird. Ich habe noch Kraft genug in den Knochen, es mit drei Windbeuteln von Franzosen aufzunehmen. Mein Herr hat mir's auch schon erlaubt."

In der Tochter des Försters schien dagegen, je mehr sich die Zeichen eines baldigen Krieges gegen Frankreich bestätigten, die sie Anfangs mit freudiger Aufregung begrüßt hatte, eine große Veränderung vorzugehen. Sie wurde immer stiller, sie saß oft bei dem Gespräch der beiden Männer, zu denen sich zuweilen noch andere Nachbarn gesellten, in sich gekehrt, als höre sie gar nicht auf das, was doch vor Kurzem noch ihre ganze Seele in Anspruch genommen hatte. Wenn sie allein war bei ihrem Spinnrade, sanken ihre sonst so fleißigen Hände mehr als einmal in den Schooß, und sie blickte mit gesenkten Augen lange vor sich nieder, bis sie endlich aus ihren Gedanken schreckhaft auffuhr und mit doppeltem Eifer das Rad schnurren ließ und ihren Faden drehte.

„Sie kann ihren Bräutigam noch immer nicht vergessen!" sagte die Magd, welche einmal durch das Fenster gelugt hatte, mitleidig zu dem Jägerburschen, als dieser sie fragte, was denn eigentlich Jungfer Luisen fehle.

„War's denn wirklich ihr Brautmann? Ich denke, es war noch nicht so weit," entgegnete der Bursch.

„Freilich war's noch nicht so weit, denn der Förster wollte, daß sie lieber einen Jäger heirathen sollte, als einen Schulmeister, aber alle Menschen sahen sie doch als Brautleute an."

„Warum lief er denn aber zum Schill?" fragte der Bursch. „Wenn man doch eine Braut hat und sein Amt —"

„Ja, frag' Er die Jungfer!" erwiederte die Magd. „Mir hat sie's nicht gesagt. Sie war auch ganz vergnügt in der Zeit, ich habe sie nie so froh gesehen — sie red'te nur vom Schill und wie der die Franzosen jagte, dann kam aber das Unglück, und nun war's mit Jungfer Luisen aus. Manchmal kann sie schon wieder gutes Muths sein, aber das ist selten, und nun wird es von Tag zu Tag erbärmlicher."

„Der Förster sollte ihr doch einen Mann geben!" sagte der Bursch.

„O ja doch!" versetzte die Magd. „Sie wird ihn auch gleich nehmen. Ihn etwa, August?" — Er brummte und ließ sie stehen.

Dem Förster war die wachsende Niedergeschlagenheit seiner Tochter nicht entgangen, und er machte ihr darüber Vorstellungen, nahm sie oft mit in den Wald und auf den Anstand, und gab ihr auch selbstständige Aufträge, wobei er sie veranlaßte, sein Pferd zu reiten. Ihr kräftiges Wesen hatte ihn seit ihrer Kindheit dazu verleitet, sie mehr wie einen Knaben, den ihm der Himmel versagt, als wie ein Mädchen zu erziehen, worüber er mit seiner verstorbenen Frau manchen Zwist gehabt hatte. Sie lernte die Büchse handhaben und schoß mit großer Sicherheit, sowohl nach der Scheibe, als auf Wild — sie ritt dreist, ja verwegen, zu des Vaters größter Freude, und wenn sie bei all' dem echte Weiblichkeit in ihrem Thun, wie in ihrem Sinne bewahrt hatte, so war es das Verdienst der Mutter, an der Luise mit inniger Liebe gehangen hatte. Wer sie zu Pferde sah, Kleid und Rock so züchtig verwahrt, daß es selbst das strenge Auge der Frau von Winneberg anerkennen mußte; wer sie im Walde mit der Büchse an der Backe überraschte, wie ihr keine Wimper vor dem aufsprühenden Pulverstrahl zuckte, und doch dabei eine gewisse angeborene Anmuth zeigte, der hatte von ihr durchaus keinen unangenehmen Eindruck. „Ein Jägermädchen, wie es im Buche steht!" hatte der junge Lomnitz von ihr gesagt, als er zum letzten Male vor dem russischen Feldzuge in Wedderin auf Urlaub gewesen war. „Friedrich Wilhelm der Erste würde sie Einem von seiner Riesengarde zur Frau gegeben haben." — Was die Möglichkeit betraf, daß sie nach dem Verlust, den sie so gar nicht verschmerzen konnte, doch noch eine Heirath eingehen könne, so hatte der Vater oft genug daran gedacht, aber er zweifelte daran. Unter allen Männern der Gegend, die ihm wohl einfielen, fand er keinen einzigen, welcher für Luise gepaßt hätte — und wer sollte etwa aus der Fremde in diese Wälder kommen und hier eine Frau suchen? „Am Besten wär's schon, wenn sie ein Knabe gewesen wäre!" dachte er immer wieder. „Und wenn sie dann, wie der Kurnatis sagte, einmal mitgehen wollte in den Krieg: meinetwegen!" Um sie aufzuheitern, wie er dazu jede Gelegenheit ergriff, sprach er darüber mit ihr, als sie an seiner Seite eines Abends schweigsam durch den Wald schritt. „Hättest Du Lust dazu?" fragte er scherzend.

Sie sah ihn mit einem tiefen Blick ihrer dunkelblauen Augen an. „Ich werde Sie einmal beim Wort nehmen, Vater!" erwiederte sie, und er lachte herzlich darüber.

Sechstes Kapitel.

Die zweite Woche des Februar hatte eben begonnen, als Herr von Neuhauß ein flüchtiges Schreiben von einem seiner Freunde aus Breslau erhielt, das von der Voraussetzung ausging, der jüngste bedeutungsvolle Erlaß, welchen der Staatskanzler im Namen des Königs veröffentlicht hatte, müsse ihm schon bekannt sein, was aber nicht der Fall war. Neuhauß verstand daher nicht ganz, was ihm geschrieben war; der Brief sprach ihm nur in aller Eile die Freude aus, daß nun doch endlich an das ganze Volk ein Ruf zu den Waffen ergangen sei, und theilte ihm ein Gedicht von Stägemann mit, welches sich darauf bezog. Es athmete das wilde Gemüth, wie sich ein neuerer Kritiker über ihn ausspricht, das in den Zeiten der Fremdherrschaft schäumende Gesänge ausströmte, die, wenn auch nicht im Sinne der Kunst, doch im Sinne des Patriotismus ihre bleibende Bedeutung haben. Besonders die ersten drei Strophen machten auf Neuhauß einen mächtigen Eindruck, denn sie erläuterten gewissermaßen den kurzen Brief seines Freundes:

Sind es Donner, die so frühe rollen,
Stürzt der Schnee, in Fluth zerquollen,
Brausend vom Gebirg herab?
Donner sind es nicht, noch Wogen,
Preußen hat das Schwert gezogen
Und der König schwingt den Stab.

Unsers Königs Stimme, laut erschollen
Ist des Donners hohes Rollen,
Uns're Jugend ist die Fluth.
Zu den Waffen stürzt sie brausend,
Tausend hier, dort Zehentausend,
Und den Feind, den kennt sie gut.

Noch ist nicht das rechte Wort gesprochen,
Doch der Adern heftig Pochen
Deutet nur auf Dich, Franzos!
Und der Augen düst're Brennen
Drückt den Pfeil von Hasses Sennen
Nur auf Dich durchbohrend los.

Wenn der Staatsrath von Stägemann, welcher Hardenberg so nahe stand, das aussprechen konnte, so war aller Zweifel gehoben, daß der König das rechte Wort, welches hier angedeutet war, auch sprechen werde. An der Jugend, daß sie zu Tausenden die Waffen ergreifen werde, hatte Neuhauß nie gezweifelt. Der Dichter schien das vorausgesetzt zu haben, denn hier verlautete über jenen Erlaß noch Nichts. Er ließ aber nicht länger auf sich warten; Kurnatis brachte mit hochrothem Gesicht das Zeitungsblatt, welches endlich, nach sechs Tagen, den Aufruf vom 3. Februar enthielt. Man hat noch in neuesten Zeiten vielfach hervorgehoben, daß nicht der König, „vielleicht noch aus einer Scheu vor den französischen Verhältnissen," sondern der Staatskanzler Hardenberg ihn unterzeichnet habe. Wie dem auch sei, die Scheu vor den französischen Verhältnissen hat den König gewiß nicht bestimmt, denn daß der Staatskanzler, gerade Er, es nicht wagen konnte, ohne des Königs Befehl einen solchen Aufruf zu erlassen, sah das ganze Volk, sah der französische Gesandte, welcher ängstlich jeden Schritt Preußens bewachte, wohl ein. Die Bildung freiwilliger Jäger-Abtheilungen war darin verordnet. Neuhauß erwog jedes Wort mit Aufmerksamkeit, denn das r e c h t e — gegen wen? — fehlte noch immer, und er hat noch sechs Wochen darauf warten müssen. Aber, wie Stägemann gesungen, das Volk verstand den Ruf auch ohne dieses Wort.

„Die eingetretene gefahrvolle Lage des Staates erfordert eine schnelle Vermehrung der vorhandenen Truppen, während die Finanzverhältnisse keinen großen Kostenaufwand verstatten. Bei der Vaterlandsliebe und der treuen Anhänglichkeit an Seine Majestät den König bedarf es nur einer schicklichen Gelegenheit, diesem Gefühle und dem Durste nach Thätigkeit eine bestimmte Richtung anzuweisen, um durch sie die Reihen der älteren Vertheidiger des Vaterlandes zu verstärken und mit ihnen zu wetteifern. In dieser Hinsicht hat Seine Majestät der König die Bildung von Jäger-Detachements bei den Infanterie-Bataillonen und Cavalerie-Regimentern befohlen, um besonders diejenigen Klassen von Staatsbewohnern, welche nach den bisherigen Cantongesetzen vom Dienste befreit und wohlhabend genug sind, um sich selbst bekleiden und beritten machen zu können, in einer ihrer Erziehung angemessenen Form zum Kriegsdienste aufzufordern, und um dadurch solchen jungen Männern Gelegenheit zur Auszeichnung zu geben, die durch ihre Bildung und Intelligenz sogleich ohne vorherige Dressur gute Dienste leisten und demnächst geschickte Officiere und Unterofficiere abgeben könnten.“

So lautete der Aufruf, welchen Herr von Neuhauß schweigend durchlas. Kurnatis beobachtete die steigende Röthe im Gesicht seines Herrn, und sagte, als dieser das Blatt mit der Hand sinken ließ und zu ihm aufblickte: „Nun, ist es so weit, gnädiger Herr!"

„Ja, mein alter braver Lithauer, nun wird nach langer Nacht für uns der Tag anbrechen!" erwiederte der Gutsherr, indem er seinem Diener die Hand reichte. „Auf dies königliche Wort werden sie zu Tausenden kommen! Und wer selbst nicht zu den Waffen greifen kann, der wird sonst für die heilige Sache thun, was in seinen Kräften steht."

„Ich meine, gnädiger Herr, auch mit mir ist es nun so weit. Zu diesen Jägern kann ich nicht gehen, denn ich habe mir Alles vorlesen lassen, was in der Zeitung steht — aber der alte Platen wird mich schon wieder annehmen, wenn die lithauischen Dragoner hereinkommen, wie's nun doch nicht mehr lange dauern wird, damit wir die verdammten Franzosen endlich aus dem Lande schlagen."

Neuhauß warf wieder einen Blick in das Zeitungsblatt, in welchem noch nähere Bestimmungen über den Eintritt und das dienstliche Verhältniß der freiwilligen Jäger enthalten waren, und sagte dann: „Wenn Dein Alter kein Hinderniß ist, für alles Uebrige werde ich schon sorgen; viele jüngere Leute, die vor Begierde brennen, die Waffen zu ergreifen, würden zurückbleiben müssen, weil sie die Mittel der Ausrüstung nicht besitzen, wenn ihnen diese nicht von Denen, welche es können, verschafft würden. Verlaß Dich also auf mich, Du sollst nicht der Einzige sein, dem ich helfe."

Kurnatis lief noch an demselben Tage in das Försterhaus zu seinem Freunde hinüber, um ihm die neue Kunde und seine Freude mitzutheilen. Der Förster war Feuer und Flamme, rief gleich den Jägerburschen herein und fragte ihn, ob er noch Lust habe, Soldat zu werden: die Ausrüstung könne er wohl bestreiten, da er wohlhabend sei. Der junge Mensch sagte jubelnd, daß er gleich zu seinem Vater gehen wolle, um sich Geld zu holen und Abschied zu nehmen, er verlangte nur zu wissen, wo er sich zu melden habe, und bat um einen Entlassungsschein. Luise stand mit leuchtenden Augen dabei, man konnte in ihrem Gesicht die höchste Aufregung lesen, aber sie gab ihren Gefühlen keine Worte. Als Kurnatis, den es nicht lange hier litt, seinen Rückweg antrat, begleitete ihn der Förster noch eine kurze Strecke und ging dann in den Wald. Der Lithauer war aber noch nicht weit allein gegangen, als er sich rufen hörte und die Förstertochter erblickte, welche ihm nachgeeilt war.

„Nun, Jungfer Luischen!“ rief er ihr scherzend zu: „wenn Sie nun ein junger Bursche wären — was?“

„Ist es wahr, Kurnatis,“ fragte sie, ohne darauf einzugehen, „daß Ihr Herr noch mehr Leute, als Sie, ausrüsten will?“

„O, das ist ganz sicher! Der giebt seinen letzten Groschen Münze her, wenn es sein muß! Es frißt ihm nur am Herzen, daß er nicht selber die Büchse nehmen und aufsitzen kann. Wollen Sie ihm noch ein paar tüchtige Burschen zuschicken, Luischen!“

Sie schien mit sich zu kämpfen, was sie ihm antworten solle. Endlich sagte sie: „Ja, Kurnatis. Ich wüßte Einen, dessen heißester Wunsch es wäre, gegen die Franzosen zu kämpfen. Wenn Sie es Herrn von Neuhauß sagen wollten.“ —

„Gut! Er soll nur dreist nach Wedderin kommen, ich werde es meinem Herrn gleich sagen. Wer ist es denn?“

„Wäre es nicht Herrn von Neuhauß gleichgültig, ob er das wüßte?“ entgegnete Luise. „Es käme nur darauf an, daß er mit Ihnen auch noch für einen Zweiten sorgt — er kann überzeugt sein, daß er seine Wohlthat an keinen Unwürdigen und Undankbaren verschwendet. Ob er ihn vorher sieht und spricht, das ist ja von keiner Wichtigkeit!"

„Hören Sie, Jungfer Luise," sagte der Lithauer, welcher nun doch aufmerksam wurde, „wenn ich es nicht besser wüßte, möchte ich glauben, Sie hätten Einen, der Ihnen besonders am Herzen läge. Nun, sehen Sie mich nicht so böse an — weiß Gott, ich meine es ja gut mit Ihnen, und habe ja den armen Ewald selber so lieb gehabt, als wäre er mein Bruder, obgleich ich noch einmal so alt war und er ein studirter Mensch. Ja, das wäre Einer gewesen, wie sie der König jetzt brauchen kann! Luischen, Sie müssen nicht böse auf mich sein, daß ich wieder einmal von ihm spreche — Ihnen thut das Herz dabei weh, ich bin recht unverständig. — Nun, ich will auch nicht wissen, wen Sie meinem Herrn schicken werden; sagen will ich es ihm schon, und er braucht ja nur das Geld zu geben. Einkleiden kann er uns hier doch nicht, Collet, Tschako, Lederzeug und die ganze Armatur kriegt er in Trebbin und Treuenbrietzen auch nicht, er giebt's Geld, und wir besorgen uns das selbst; daß wir's jetzt nicht verbringen werden, kann er schon trauen. Wollen Sie Ihren Freiwilligen an mich weisen? Oder gebe ich Ihnen das Geld, wenn durchaus Niemand Etwas von ihm wissen soll? Ich kann mir's schon denken, es wird Einer sein, der heimlich auskneifen will, weil Vater und Mutter es ihm nicht erlauben — es wär' freilich eine Schande für sie, aber es giebt noch solch' schlechtes Volk unter uns!"

„Wenn Ihr Herr sich wirklich entschließt, eine Summe für Jeden, den er in's Feld schickt, auszusetzen," erwiederte die Förstertochter, welche bei seinem Anerbieten freudig aufgesehen hatte, „so wäre es freilich das Beste, Sie gäben es mir. — Er wird jedoch wissen wollen, für wen," setzte sie zögernd hinzu. „Sagen Sie ihm, daß ich mit Ihnen davon gesprochen habe — und — ich werde doch selbst nach Wedderin kommen müssen, er kann das verlangen. Wo sollen sich denn die Freiwilligen melden?"

Kurnatis erwiederte ihr, daß er nach Berlin gehen werde, dort müßten sie sich gewiß sammeln, oder man erführe, wo, am Liebsten meldete er sich gleich zu dem Detachement, das für das lithauische Dragonerregiment formirt würde, aber das sei doch noch zu weit, und so möchte es vielleicht am

Besten sein, zu den zurückgebliebenen Schwadronen von den brandenburgischen Husaren oder Dragonern zu gehen, die beim Bülow'schen Corps ständen, wenn sein Herr gut berichtet sei — das Alles würde man schon in Berlin hören. „Wenn Sie Ihren Mann an mich weisen wollen," sagte er, „so könnten wir den Weg schon zusammen machen. In Berlin verläuft man sich und nachher wird's doch kein Geheimniß mehr sein?"

Sie gab ihm aber kein Versprechen, sondern bat ihn nur nochmals, ihr Anliegen seinem Herrn vorzutragen, dann werde sie selbst nach Wedderin kommen und sich entschuldigen. — „Leben Sie wohl, Kurnatis, ich werde Ihnen ewig dankbar sein!"

Mit diesen, in bewegtem Tone ausgesprochenen Worten schied sie von ihm, und der Gedanke, wem sie wohl zu einer Ausrüstung für den Krieg von seinem Herrn verhelfen wolle, beschäftigte ihn auf dem ganzen Wege. Er konnte sich durchaus Niemand denken, da sie in der ganzen Zeit, seit ihr Bräutigam, wofür ihn auch Kurnatis angesehen hatte, zu dem Schill'schen Corps gegangen und dort geblieben, wenigstens verschollen war, allen Umgang in der Nachbarschaft, besonders den mit jungen Männern, vermieden hatte. Indessen, seinem Herrn konnte sie es doch nicht gut verschweigen, und wenn die Sache erst in Richtigkeit war, sagte sie es auch wohl dem alten Kurnatis, der es so gut mit ihr meinte.

Der Förster kam früher nach Hause, als gewöhnlich; er war so unruhig, daß er es in seinem einsamen Walde nicht lange hatte aushalten können. Daheim fand er den jungen Menschen, welcher bei ihm die Jägerei lernte, nicht mehr; der hatte gleich von ihm Urlaub genommen und sein Bündel geschnürt; ob er noch einmal wiederkommen und sich ganz verabschieden werde, war ungewiß — wenn nicht, sollten ihm seine Sachen, die er zurückließ, aufgehoben werden: was kümmerte ihn das Alles jetzt! „Recht so!" sagte der Förster. „Was kümmert sich der Soldat, wenn marschirt wird, um den Plunder! Weib und Kinder muß er vergessen, wenn er für den König und das Vaterland in's Feuer geht! — Wir werden also nun allein Haus halten, Luise. Ich begegnete im Walde ein paar Holzschlägern, die hatten's auch schon gehört und waren ganz wild, daß der König nur die Reichen haben wollte. Bessere Fäuste haben wir doch! sagten sie — ich beruhigte die Leute, daß auch an sie schon die Reihe kommen werde, vorerst sollten nur die Menschen, die sich allein Montirung und Pferde kaufen könnten, aufgeboten werden, dann käme das ganze Volk daran, Alle, die nur dreinschlagen könnten, und das werde erst die wahre Lust sein! Da jauchzten sie förmlich, und ich ging meiner Wege — denn ich muß ja zu Hause bei den Weibsleuten bleiben!"

„Frauen werden auch dabei helfen!" versetzte Luise.

„Freilich! Charpie zupfen, Bandagen machen, Geld sammeln, Kranke und Blessirte pflegen!"

„Auch mit in's Feld ziehen, Vater," sagte das Mädchen.

„Nun ja, das muß ja auch sein — Marketenderinnen braucht man, sie wissen immer Etwas aufzutreiben, wo alle Requisitionscommando's mit leeren Brodbeuteln wiederkommen. Es ist aber eine schlimme Sorte!"

„Haben nicht Frauen auch mitgekämpft für eine gute und heilige Sache?" fragte die Tochter.

„Warum nicht gar!" erwiederte der Vater barsch. „Das ist Männerarbeit, da sollen sich Weiber nicht hineinmischen!"

„Aber ich weiß doch, daß Frauen schon oft für das Vaterland mit in den Reihen der Männer gekämpft haben," wandte das Mädchen ein, und ihre Stimme bebte, denn sie mußte an Denjenigen denken, der ihr von diesen erhebenden Beispielen der Vorzeit erzählt hatte: von den Frauen in Karthago, in Jerusalem, von den Frauen der alten Deutschen, wie auf dem Schlachtfelde, das Kaiser Aurelian gewonnen, unter den Erschlagenen sechs Gothenweiber im Harnisch gefunden worden; der böhmische Mägdekrieg war ihr nicht unbekannt, sie wußte, daß eine Jungfrau Frankreich gerettet hatte, und ihr Herz schlug mächtig, wenn sie des Grundes gedachte, aus welchem ihr der Mann, dem sie einst ihr Herz geweiht, alle diese Geschichten hochherziger Heldenjungfrauen erzählt hatte.

„Du hättest wohl auch Lust?" rief der Vater auf ihren Einwurf. Sie hörte seiner Stimme an, daß er zornig war — und sie schwieg; angesehen hatte sie ihn nicht, sonst würde sie schon beim Beginn des Gesprächs bemerkt haben, wie ihm die Stirnader geschwollen war. Auch er wußte, daß sie viel alte Geschichte gelernt, und er war immer ärgerlich, wenn sie darüber sprach, denn nach seiner Meinung war ihr damit der Kopf verdreht worden. Als er sah, daß er sie eingeschüchtert hatte, wurde es ihm leid, und er sagte: „Ich kann Dir's nicht verdenken, und ich bin selber daran Schuld, daß Du Passion hast, mitzureiten und unter die Franzosen zu schießen — warum habe ich Dir die Büchse in die Hand gegeben und Dich auf mein Pferd gesetzt! Groß und stark genug wärst Du dazu, und die Canaillen haben hinlänglich bei Dir auf dem Kerbholz, armes Mädel. Aber der Krieg ist doch nun einmal nicht für Frauensleute, also gieb Dich zufrieden und bleibe bei Deinem alten Vater, der auch gern mit möchte und nicht kann. Es wird Vielen so gehen — unserm braven Wedderiner Herrn thut es gewiß am Meisten leid."

Sie sagte dem Vater an diesem Abende Nichts mehr; des andern Morgens aber, gestärkt durch ein inbrünstiges Gebet, trat sie vor ihn hin und sagte demüthig: „Vater, ich will Nichts hinter Ihrem Rücken thun. Ich habe den Kurnatis gebeten, seinen Herrn, der so viel freiwillige Jäger auf seine Kosten in's Feld stellen will, als er kann, zu fragen, ob er nicht auch für Einen, der sich ihm nicht nennen kann, sorgen will. Gott mag mir gnädig sein, Vater, ich kann nicht anders! Erbarmen Sie sich Ihres Kindes, lassen Sie mich mit in den heiligen Krieg ziehen — Niemand soll wissen, wer ich bin, ich ziehe Männerkleidung an, wenn ich mich melde, ich schneide mein Haar ab — so groß und stark bin ich, daß mich Niemand für ein Mädchen halten wird, und wie ich werden Viele mitkämpfen. Nicht umsonst haben Sie mich schießen und reiten gelehrt, Sie haben mir's auch schon halb versprochen, und ich werde Ihnen keine Schande machen — denken Sie, ich sei Ihr Sohn statt einer Tochter, dann hätten Sie mich selbst hingeführt, oder wenn ich mich feig geweigert hätte, aus dem Hause gestoßen! Ihren Sohn hätten Sie gesegnet, geben Sie auch mir Ihren Segen!"

Sie warf sich vor ihm nieder und umfaßte seine Kniee; in höchster Bewegung hatte sie gesprochen, so rasch und stürmisch, daß er nicht im Stande gewesen war, sie zu unterbrechen. Bald hatte ihre Rede ihn selbst hingerissen, der glühende Wunsch, an welchem ihr Leben zu hängen schien, die Worte, in welchen sie alle Schwierigkeiten beseitigte, das eigene Soldatengefühl, das sich in ihm regte und in der starken Tochter sein ächtes Blut erkennen ließ — Alles wirkte auf den alten Mann in diesem Augenblicke so gewaltig, daß er nicht anders konnte, als seine Hand stumm auf das gesenkte Haupt seines Kindes zu legen; Thränen füllten sein hartes Auge, die Stimme versagte ihm.

Luise stand auf, ergriff seine Hand und küßte sie,

während die Thränen nun unaufhaltsam aus ihren Augen stürzten. Ihr Schicksal war entschieden — und wenn in dem heiligen Kampfe um die Freiheit des Vaterlandes, der ihr Geliebter zum Opfer gefallen war, auch ihr Herz eine feindliche Kugel traf, so starb sie mit Freuden. Jetzt, davon war sie mit sieghafter Ueberzeugung erfüllt, jetzt wurde das erhabene Ziel errungen, und wenn auch viel Tausend edle Deutsche darüber noch ihr Herzblut verspritzen mußten!

Als Vater und Tochter, welche durch die Gewalt des Moments über alles gewohnte und eingelebte Wesen hinweggerissen worden waren, sich einigermaßen gefaßt hatten, sagte das Mädchen, das besorgt die sich zusammenziehenden Brauen über den fest auf sie gerichteten Augen wahrnahm, mit innigem Tone: „Gott wird es Ihnen lohnen, Vater! Komme ich wieder, dann will ich Ihnen treu dienen, Sie pflegen und nicht mehr verlassen! Ehe ich gehe, werde ich noch für Alles Alles sorgen!“

„Mädel, Du hast mich überrumpelt! Ich schäme mich!“ erwiederte der Förster. „Du wirst Dir's aber noch überlegen, denk' ich. — Hat Dir etwa der Kurnatis die Raupen in den Kopf gesetzt?“ fuhr er plötzlich drohend auf.

„Kurnatis hat keine Ahnung von meinem Vorhaben und soll auch Nichts davon erfahren — kein Mensch als der gütige Herr, der mir die Mittel dazu geben wird, dem bin ich es schuldig. Ich werde ihn aber bitten, selbst seinem Diener Nichts davon zu sagen, dann bin ich sicher. Kurnatis — wie können Sie glauben, daß er mich veranlaßt hätte? Wenn er Etwas davon ahnte, würde er mich verspotten."

„Ja, ja! Auslachen werden Dich die Menschen und mich dazu, daß ich es zugebe! Wenn Du fort bist, kann's doch nicht verschwiegen bleiben, denn lügen mag ich nicht, und Alles fällt dann auf mich! Der Alte hätte klüger sein sollen, werden sie sagen."

„Lieber Vater!" rief Luise. „Mehr Frauen und Mädchen werden denken wie ich, wenn sie stark genug für den Krieg sind — und wo das ganze Volk sich in den heiligen Kampf stürzt, glauben Sie, daß selbst unter unseren Bauern einer sein wird, der mir es verdenkt, oder gar Ihnen einen Vorwurf darüber macht? Sie sollen Ehre an Ihrer Tochter erleben!"

„Hast Du Dir aber auch Alles vorgestellt? Du denkst Dir's anders! O ja, wenn es erst drauf geht und die Kugeln pfeifen, Gott befohlen!

Sich dann muthig hineinstürzen auf Tod und Leben, das ist schön, da fühlt und sieht man Nichts als den Feind, und ist begierig zur heißen Arbeit! Aber marschiren in Hitze und Regen viele Stunden weit und alle Tage wieder, wenn man sich kaum mehr schleppen kann, und das Gepäck drückt und die Schuhe abgerissen sind, Nachts unter freiem Himmel liegen und hungern — und das Wochen lang, ohne einen Feind zu sehen, hin und her, wie ich es erlebt habe! Dabei krank werden und liegen bleiben, oder gar in ein Lazareth kommen unter die Hände des Pflasterkastens, Gott bewahre uns in Gnaden! Und wenn's endlich so weit ist — Bataillon soll chargiren! Geladen! und Du sollst auf Menschen schießen — hast Du Dir's vorgestellt, Luise?"

„Es sind die Feinde meines Vaterlandes!" entgegnete Luise. „Ich kämpfe, wie Sie gekämpft haben — und das Mitleid wird schweigen, bis der Sieg unser ist. Die Mühen und Gefahren schrecken mich nicht, ich bin stark, sie zu tragen, und weiß ja von Ihnen, wie es im Kriege zugeht! O, mein guter Vater! Reden Sie mir nicht mehr ab!"

Er gab sich seufzend zufrieden, sein Wort zurücknehmen konnte er nicht. Luise erwartete nun mit Ungeduld, daß Kurnatis, wie sie ihn gebeten hatte, Nachricht bringe, ob sein Herr geneigt war, auf ihr seltsames Verlangen einzugehen. „Ich mag ihn nicht sehen,“ sagte der Förster, „belügen kann ich ihn nicht!“ Er nahm seine Büchse und ging in den Wald. Dort aber begegnete er gerade dem Lithauer, den er vermeiden wollte.

„Nun, Alter! Ich frage nicht!“ rief dieser ihm entgegen, als er ihn ansichtig wurde. „Brauchst mich nicht so verdrießlich anzusehen. Es soll's Niemand wissen, wen Ihr Beide habt! Mein Herr will auch nicht weiter darnach fragen, es ist ihm lieb, daß Ihr Vertrauen zu ihm habt, und Jungfer Luischen soll nur kommen, er will ihr eine Anweisung geben, wo der Freiwillige, den Ihr schicken wollt, die Summe ausgezahlt kriegt. Baar Geld so viel hat er nicht liegen — wer kann das heut' zu Tage haben, wo man nicht sicher ist, von unseren alliirten Franzosen in aller Freundschaft ausgeplündert zu werden? Wir können hier Gott danken, daß wir aus dem Wege liegen und so leicht kein Marsch uns trifft — denn wir Beide, Alter, haben zu hitziges Blut, wir hätten doch einmal mit den Musjehs angebunden. Ist Deine Tochter zu Hause?“

Der Förster bejahte es und fragte nur, wann Kurnatis abgehen werde.

„Morgen, Alter, morgen! Mein Herr hat gestern schon an seinen Vetter, den Herrn Grafen von Lottum, geschrieben, der bei der Regierung für den König in Berlin ist, da werde ich mich für's Erste melden, und dann wird er mir einen Brief mitgeben an den Herrn Rittmeister von Schwanenfeld von den brandenburgischen Husaren, der dort krank liegt. Er war einmal bei uns zum Besuch vor dem Kriege — und ich habe nachher meinen Herrn mit dem sächsischen Amtmann davon reden hören, daß der Rittmeister expreß von Urlaub draußen in Frankreich zurückgekommen ist, um den König vor einem Anschlage zu warnen, den er dort von französischen Officieren ergattert hat. Sie wollten unsern König gefangen nehmen und ganz Preußen in die Tasche stecken. Nun, wir wollen's ihnen jetzt schon versalzen. Mir brennt's unter den Sohlen, Alter! Mein einziges Herzeleid ist, daß Du nicht mit kannst! Dein Freiwilliger wird also unter die reitenden Jäger gehen?"

„Reitende! Warum nicht gar! Bin ich Fußjäger gewesen, so braucht — na, was geht's mich an! Wenn Dein Herr noch ein Pferd extra über die Montur geben will, er hat's ja, und mir soll's auch recht sein. Er schüttelte dem Lithauer kräftig die Hand und ging mit großen Schritten weiter.

Kurnatis richtete seinen Auftrag bei der Förstertochter aus, und fand sie schon bereit, ihn gleich nach Wedderin zu begleiten. Er sagte ihr, daß Herr von Neuhauß sich zwar zuerst über den Freiwilligen, den er unbekannterweise equipiren solle, etwas gewundert habe, daß er dann aber ganz damit einverstanden gewesen sei und sie heute erwarte. Unterwegs war sie sehr still, es fiel jedoch dem Lithauer nicht auf, da er, selbst voll Kriegsfreudigkeit, noch viel zu erzählen hatte, was er seit gestern gehört. Sein Herr war immer sehr freundlich gegen ihn, aber er hatte sich doch nicht in vertrauliche Gespräche mit ihm eingelassen; nun war das anders geworden. Die gemeinsame Sache, welche alle Klassen des Volks in der Gesinnung und zur That vereinigte, ließ auch die Schranken zwischen ihnen fallen und sie als Brüder sich fühlen, die einander vertrauen, rathen und helfen. So hatte Herr von Neuhauß mit seinem treuen alten Diener, in welchem er einen vaterländischen Sinn, dem seinen verwandt, erkannte, über viele Angelegenheiten gesprochen, die unter den früheren Verhältnissen ihm vorenthalten geblieben wären:

Kurnatis ehrte in ihm darum doch seinen Herrn, und es kam nicht in seine Seele, sich ihm gleich stellen zu wollen. Wie lange nach der glorreichen Erhebung des Volks bestand dieses schöne, auf gegenseitiger Achtung begründete Verhältniß der Stände noch in Eintracht und Freundlichkeit, ehe sie sich wieder von einander entfernten, jeder in sich schroffer abgesondert, als je zuvor! Und wie die Stände, so noch trauriger die deutschen Stämme, welche damals das Bewußtsein nationaler Gemeinsamkeit zum Kampf um Deutschlands Ehre vereinigte, und die nach errungenem Siege nur zu bald in die alte Zerwürfniß und Eifersucht, deutscher Nation Fluch zurückfielen! Heut' will es damit wieder besser werden — darf der Vaterlandsfreund sich aber der Hoffnung hingeben, daß das schöne Ziel anders, als durch einen neuen Riesenkampf gegen einen fremden Feind der deutschen Ehre und Selbstständigkeit, und dann auf immerdar bleibend, errungen werden könne?

Herr von Neuhauß war sehr gespannt, was ihm die Förstertochter sagen werde. Das Geschick, welches das Mädchen betroffen hatte, war ihm nicht fremd, er hatte den jungen Mann gekannt, welchem ihr Herz sich zugeneigt, die glühende Vaterlandsliebe, die ihn später bei dem ersten Sonnen=

blitz durch die Nacht der Wolken hinriß, Alles zu verlassen, was ihm daheim lieb und werth war, hatte ihm auch das Herz des alten Edelmanns gewonnen und Neuhauß bereits für eine sichere Stellung des hochbegabten Jünglings gesorgt, als er sich losgerissen hatte, um sich Schill, in welchem er den Vorkämpfer der deutschen Freiheit ansah, auf seinem Zuge anzuschließen. Sein Untergang hatte den alten Herrn betrübt, und die Art und Weise, wie die Braut ihren Verlust trug, war ihm rührend und erhebend zugleich gewesen: in dem einfachen Mädchen lebte die gesunde Kraft einer echten deutschen Jungfrau, welche fromm zu tragen weiß, was ihr auferlegt ist, ohne darum schwächlich hinzusiechen und ihre Pflicht im Leben zu vergessen. Wie gern hätte er sie zu sich genommen und für sie gesorgt, aber er durfte das dem Vater nicht zumuthen. Jetzt, da sie ihm das Vertrauen schenkte, ein Anliegen in der Sache des Vaterlandes an sie zu richten, war er mit Freuden bereit, ihren Wunsch zu erfüllen, und er sprach das gleich aus, als sie zu ihm in das Zimmer trat. Kurnatis hatte sich zurückgezogen, wie lieb es ihm auch gewesen wäre zu hören, was sie nun seinem Herrn zur Erklärung ihres wunderlichen Verlangens sagen werde.

Sie hatte es schon gegen ihren Vater bekannt, daß sie den gütigen Herrn, dessen Wohlthat sie in Anspruch nahm, nicht durch eine falsche Vorspiegelung hintergehen könne, aber es wurde ihrem mädchenhaften Gefühl sehr schwer, ihm zu gestehen, was vielleicht seinen ernsten Tadel nach sich ziehen würde.

„Gnädiger Herr," begann sie mit großer Befangenheit, „ich komme nicht für einen Andern. Sie werden Ihre Hand nun vielleicht von mir abziehen und werden mich schelten — aber ich kann nicht anders, und mein Vater hat es endlich auch zugegeben."

„Was hast Du, Luise?" fragte er gütig. Er nannte sie Du, denn er hatte sie schon in ihrer Kindheit gekannt, als ihr Vater noch als Oberjäger beim Fußjägerregiment in Mittenwalde gestanden, wo Neuhauß oft bei einem Verwandten, der dort als Postmeister angestellt, zum Besuch gewesen war. Worüber sollte ich Dich schelten? oder gar meine Hand von Dir abziehen? Du wirst nichts Unrechtes thun! Sprich also dreist — was hast Du auf dem Herzen?"

„Wenn Sie es aber doch für Unrecht halten?" sagte sie immer verlegener. „Ich komme nicht für einen Andern, ich komme für mich selbst."

Er blickte sie verwundert an, sie war hoch erröthet, ihre Augen hingen am Boden, sie zitterte. Einen Moment flog dem alten Herrn ein Verdacht an, sie wolle das Geld für andere Zwecke haben, als den sie ihm hatte sagen lassen, aber er verwarf diesen Gedanken, der ihr Unrecht that, sogleich und ermunterte sie, sich deutlicher auszusprechen.

„Ich — möchte selbst — an dem Kampfe gegen den Feind unseres Volkes Theil nehmen —" stammelte sie endlich.

„Mädchen!" rief er in höchstem Grade überrascht.

„Gnädiger Herr! Verstoßen Sie mich nicht!" bat sie nun freier, seit das Geständniß ihre Brust erleichtert hatte. „Sie hatten mir, ohne zu fragen, Ihre Wohlthat versprochen, aber ich konnte Sie nicht hintergehen, ich mußte es Ihnen sagen! Mir läßt es zu Hause keine Ruh', ich habe von alten Zeiten gehört, wo Mädchen und Frauen mitgestritten haben, wenn es um das Höchste und Edelste ging — ich bin überzeugt, daß auch jetzt mehr als Eine die Waffen ergreifen wird, wenn sie Muth und Kraft dazu fühlt. Der Vater ist gut versorgt, was soll ich daheim! Ich habe Jahre lang gebetet und gerungen, daß Gott mich die

Stunde erleben lasse, wo das Vaterland befreit und Vergeltung genommen wird für die lange Unterdrückung und das Blut, das schon vergeblich geflossen ist —" hier brach ihr die Stimme, denn die Erinnerung, welche ihr dieses Wort entrissen, überwältigte ihre Standhaftigkeit.

„Du tapferes Gemüth!" rief Herr von Neuhauß ergriffen, seiner eigenen Bewegung folgend, „Du hast eine hohe Seele, möchten viele deutsche Jungfrauen Dir ähnlich sein! Hast Du Muth und Kraft, und treibt Dich der Wunsch in den Krieg, um ihn unter den Männern mitzukämpfen, so laß mich sorgen für Dich! Wie sollte ich mein Versprechen zurückziehen, nun Du es für Dich selbst genommen hast? Dein Vater giebt es zu — wer kann da noch Einspruch thun! Ich stimme Dir vielmehr von ganzem Herzen zu. Geh' mit Gott, mein herzhaftes Mädchen! Er möge Dich schützen in allen Gefahren und Dich einst mit Ruhm gekrönt wieder heimführen, wo Dein Vater stolz auf sein Kind sein wird. Laß uns nun von den nöthigen Anstalten sprechen, die zur Erreichung Deiner Absichten getroffen werden müssen. Weiß Kurnatis davon?"

Sie verneinte es und bat den Gutsherrn demüthig, weder ihm noch sonst Jemand von ihrem

Vorhaben Etwas zu sagen, bis sie fort sei, dann möge ihr Vater es damit halten, wie er wolle. Neuhauß gab ihr Recht, versprach ihr Geheimniß zu ehren, und rieth ihr, bis übermorgen zu warten; heut' noch werde er Kurnatis abfertigen und auch abreisen lassen, dann werde er auch für sie sorgen, damit sie rasch und bequem nach Berlin komme; die genaue Anweisung, wo sie dort sich zu melden, überhaupt wie sie sich zu benehmen habe, wolle er ihr morgen selbst bringen, er wisse auch schon ein gutes Pferd für sie, da Kurnatis ihm einen Freiwilligen für die reitenden Jäger, der sie nun selbst sei, angemeldet habe. Kurnatis hatte das auf seinen eigenen Kopf gethan, er hielt das für selbstverständlich, da er, wie alle alten Cavaleristen, nicht begriff, daß man bei freier Wahl zu Fuß dienen könne. Luise lehnte das Anerbieten, das sie überraschte, zuerst ab, doch las der alte Herr in ihrem Auge die Lust und wußte ja, wie gern und wie kühn sie ritt; er blieb daher bei seinem Vorschlage, und sie nahm ihn dann mit Freuden an. Ihrem heißem Danke, der nun in tiefgefühlten Worten ausströmte, entzog er sich schnell, indem er ihr die Hand zum Abschiede reichte und sie entließ. „Morgen komme ich!“ sagte er noch einmal, „und dann kannst Du in Gottes Namen

Deinen Weg antreten. Das Pferd werde ich Dir anweisen, gesattelt und gezäumt, wie es eben ist — in Berlin wird sich dann das Weitere finden. Wahrscheinlich gehen immer Trupps, so wie sie zusammen sind, nach Breslau ab, denn hier unter den Franzosen würde Alles behindert sein. Gott sei mit Dir, mein Kind!"

Siebentes Kapitel.

„Das Volk steht auf, der Sturm bricht los!“ besang der begeistertste Dichter der deutschen Befreiungskriege, Theodor Körner. Noch verkündigte sich das Nahen des Sturmes erst in einzelnen Zeichen; es bedurfte Zeit, ehe des Königs Aufruf den Weg in alle Provinzen, in alle Gemeinden seines Reiches fand, denn die heutige gedankenschnelle Beförderung durch den Telegraphen gab es so wenig als Eisenbahnen, die Zeitungen erschienen nicht täglich, und selbst zwischen deutschen Hauptstädten ging die Post nur zweimal in der Woche und fuhr, ach! so langsam! Aber die Nachricht verbreitete sich doch schneller, als diese mangelhaften Verbindungsmittel hoffen ließen, Boten trugen sie von Ort zu Ort, und überall entzündete sie die Jugend zur ungesäumten That. Kein Mißtrauen mehr, gegen wen das Banner entrollt werden sollte, wenn dies auch nicht ausgesprochen war: konnte der König seinem Volke zumuthen, für seine Henker und Quäler freiwillig die Waffen zu ergreifen, Hab' und Gut und das Leben in die Schanze zu schlagen, um den Tyrannen, der das Vaterland unterjocht und seine Ehre beschimpft hatte, auf seinem wankenden Throne zu retten? Das war unmöglich! Es gab nur eine einzige Möglichkeit, nur einen Feind! So zogen sie denn einzeln oder in Trupps den Sammelplätzen zu, die ihnen für die verschiedenen Corps bestimmt waren; das Regiment, welchem sie sich anschließen wollten, konnten sie sich wählen, und hatten dann die Abzeichen desselben auf ihrer dunkelgrünen Jägeruniform zu tragen, welche im Schnitt auch die des Regiments sein sollte: Collet oder Dolman und Pelz mit Schnüren, oder Infanterieleibrock, je nach der Waffengattung. Diese ganze Bekleidung und Ausrüstung konnte erst auf jenen Sammelplätzen beschafft werden; vor der Hand kam es darauf an, den Franzosen, welche die Regung im Volke, welche die Maßregel des Königs bewirkt, mit großem Mißtrauen beobachteten und deren Ausführung möglichst viel Hindernisse bereiteten, aus dem Wege zu gehen, damit sie nicht übersehen konnten, wie sich der Zuzug gestalte. Freilich konnten sie immer noch annehmen, daß die Rüstung zur Aufrechthaltung der Verträge Preußens mit ihrem Kaiser geschehe, wie ja auch in allen Staaten des Rheinbundes, namentlich in Bayern und Würtemberg, starke Rüstungen betrieben wurden, um die in Rußland zu Grunde gerichteten Contingente wieder zu ersetzen. Aber es gehörte doch viel Selbsttäuschung dazu, noch jetzt Preußen mit den Rheinbundstaaten auf gleiche Linie zu setzen; diese hatten meist von Napoleon Vortheile gehabt, während Preußen gemißhandelt worden war, und wie große Anstrengungen auch in der letzten Stunde der französische Gesandte noch machte, um den König durch die glänzendsten Versprechungen im Bündnisse zu erhalten, so glaubte er selbst nicht mehr an diese Möglichkeit. Eben so wenig sein Herr und Kaiser in Paris. „York's Abfall kann die Politik von Europa ändern!" hatte er zu dem Fürsten Hatzfeld gesagt, welchen der König, um seine Mißbilligung der That zu bekunden, nach Paris gesandt hatte. Man gab sich zwar noch den Schein, als glaube man nicht, daß nun ganz Preußen abfallen werde, aber man suchte den Eifer seiner Rüstungen etwas zu mäßigen: es komme ja nur darauf an, die Höhe des vertragsmäßigen Contingents wieder zu erreichen, wurde der Regierung gesagt, und was sich thun ließ, den Zufluß der Freiwilligen zu hemmen, geschah nach Kräften. Wie konnte das aber geschehen, da sie, wie zu einer Auswanderung, aus der Mark nach Schlesien strömten, wohin der Arm der Franzosen nicht mehr reichte, eben so wenig nach anderen Sammelplätzen? Kolberg und Graudenz, die unbezwungenen Festungen, deren Vertheidigung, namentlich Kolbergs durch Gneisenau und den Bürgermeister Nettelbeck, wie ein lichter Stern durch die Nacht jenes schmachvollen Krieges scheint, waren für die Freiwilligen aus Pommern, der Neumark und Westpreußen angewiesen — was aber in Ostpreußen geschah, bald nachdem York das Gouvernement wieder übernommen hatte und Stein als Bevollmächtigter des Kaisers von Rußland angekommen war, überstieg Alles, was man bisher in einem monarchischen Staate erlebt hatte, dort rüsteten die Stände ohne Befehl oder Ermächtigung von oben auf ihre eigene Hand! Der Landhofmeister von Auerswald hatte den Landtag berufen, patriotische Männer, wie der Minister Graf Dohna, der Präsident von Schön, und Andere, waren thätig gewesen, die Landesbewaffnung durchzusetzen, für welche der alte deutsche Name der Landwehr gewählt worden war. Schon in der Urzeit unterschieden unsere germanischen Stammväter Heerfahrt und Landwehr; zu letzterer, zur Vertheidigung des Landes, war Jeder verpflichtet, oder vielmehr, wie man es in alten Tagen viel schöner auffaßte, berechtigt. Jeder freie Mann besaß dieses Waffenrecht, aus welchem bald genug eine Wehrpflicht gemacht wurde, die unter Karl dem Großen schwer genug auf dem Volke lastete, so daß bereits Strafen über Ausbleibende verhängt werden mußten und die ganze Waffenfreudigkeit sich nur in einem einzigen Stande, dem Adel, concentrirte. Landwehren hatte man auch in späteren Zeiten zuweilen die Bewaffnung genannt, die neben den stehenden Heeren geschaffen wurden, und nur zur Vertheidigung des eigenen Landes bestimmt waren; man kann diese doppelte Gliederung der Wehrkraft, welche sich der uralten Unterscheidung zwischen Heerfahrt und Landwehr anschließt, durch alle Zeiten geordneter Heere verfolgen. Der Gedanke jener edlen Vaterlandsfreunde in Preußen beruhte auf demselben Grundsatz und trat dann auch unter Mitwirkung York's als Militärgouverneur der Provinz in das Leben; ein Bericht des Letztern über den Organisationsplan der Landwehr, so wie ein Schreiben des Grafen

Dohna als Vorsitzenden des Landtags und der erwählten Generalcommission wurde dem Könige in Breslau zur Bestätigung vorgelegt. Der Verfasser der beiden Schreiben war der Oberbürgermeister Heidemann in Königsberg, der gewissermaßen die ganze Last der schriftlichen Arbeiten getragen hatte und derselben Kraft und Gesundheit opferte, doch erlebte er wenigstens noch die Befreiung Deutschlands: er starb im November desselben Jahres. Die Stärke der Landwehr für Lithauen, Ost- und Westpreußen war auf 20,000 Mann im ersten Auszug und 10,000 Reserve berechnet, nur Fußvolk, doch wurde auf York's Veranlassung auch die Bildung eines National-Cavalerieregiments (Linienreiterei) beschlossen; die Officiere sollten von den Kreisen erwählt und von der Generalcommission bestätigt, die Landwehr nur innerhalb der eigenen Provinz verwendet werden. So die ursprüngliche Idee, deren ausgearbeiteten Plan, durch Clausewitz nach Scharnhorst's Idee von 1808 entworfen, der Bruder des Ministers, Graf Dohna, dem Könige vorlegte. York's Schreiben enthielt eine Berufung auf die Vollmacht, welche er bereits im Jahre 1809 bei Uebernahme der Brigade in Westpreußen erhalten hatte. Durch dieselbe war er ermächtigt gewesen, sich im Nothfall mit Waffengewalt den Uebergriffen des französischen Befehlshabers in Danzig, Generals Rapp, zu widersetzen. Auch an die geheime Instruction, welche ihm für den Feldzug in Rußland ertheilt worden war: „Alles zu thun, was nach seinem Ermessen zur Erhaltung des Vaterlandes dienlich sei,“ eine Weisung, die gewiß seinen entscheidenden Schritt bei Tauroggen auch vor dem militärischen Urtheil erklären hilft, mochte er denken, als er jetzt dem Könige schrieb: „Mit dem ergebensten Herzen und dem Muth, der nur den treuen Diener beseelt, sage ich Eurer Königlichen Majestät, daß außerordentliche Lagen auch außerordentliche Mittel erheischen. In dieser Ueberzeugung haben Eure Majestät meinen Händen schon früher eine Vollmacht anvertraut, welche mir einen Theil Allerhöchstihrer Königlichen Gewalt in besonderen Fällen übertrug.“

Alles war vorbereitet, man wartete nur auf die Bestätigung des Königs. Auch Scharnhorst hatte einen umfassenden Plan für die Errichtung einer Landwehr im ganzen Staate ausgearbeitet, der dem Könige bereits vorlag, als er den ostpreußischen Entwurf erhielt. Danach sollten 100,000 Mann Landwehr aufgestellt werden und sich den Linientruppen, welche Scharnhorst auf

120,000 Mann zu bringen gedachte, anschließen. Er rechnete außerdem auf 10,000 freiwillige Jäger. „Zu hoch Alles! Woher nehmen?" sagte der König zweifelnd. Wie sollte das kleine, von allen Hülfsmitteln entblößte Preußen, das kaum noch fünf Millionen Einwohner hatte, plötzlich wie durch einen Zauberschlag eine Armee von 200,000 Mann in's Feld stellen!

Scharnhorst suchte ihm die Möglichkeit zu beweisen, der König hörte ihn mit ungläubigem Kopfschütteln an. Er hatte seit dem Unglück, das über ihn und sein Volk hereingebrochen war, noch kein rechtes Vertrauen zu einem glücklichen Umschwunge fassen können; mit Ergebung hatte er sein Schicksal getragen und in der Selbstverläugnung, in der Einfachheit seines Hofstaates dem Volke das beste Beispiel gegeben, wie er auch in treuester Erfüllung seiner Regentenpflichten Alles gethan hatte, um mit Hülfe einsichtiger und hochgesinnter Männer die Wiedergeburt Preußens auf einen neuen und festen Unterbau seiner inneren Verhältnisse zu fördern. Aber an eine so großartige Erhebung seines Volkes glaubte er noch nicht. In diesem Momente besorgter Zweifel, als er mit seinem redlichen und unermüdlichen Scharnhorst arbeitete, drang plötzlich zu dem Zimmer des Schlosses, wo Beide saßen, der Ausbruch unermeßlichen Jubels von der Straße herauf. In Breslau herrschte seit der Ankunft des Königs die größte Aufregung, welche durch die Truppenmärsche und militärischen Maßregeln noch vermehrt wurde; auf den Straßen wogte vom Morgen bis zum Abend eine bewegte Menschenmenge — wen hätte es daheim bei seinem Geschäft oder gar in müssiger Behaglichkeit geduldet, wenn jeden Augenblick die ungewöhnlichsten Ereignisse eintreten konnten? — der Straßenlärm war daher nicht auffallend. Heut' aber schien er mit der Gewalt des Orkans zu wachsen, das Hurrah wollte kein Ende nehmen. Scharnhorst stand auf des Königs Wunsch auf, um nachzusehen, was es gebe. Ein Wagenzug, wohl an vierzig, jeder mit jungen Männern besetzt, rasselt langsam unter den Fenstern des Schlosses vorüber, von der Menge jauchzend begrüßt, und die Ankommenden erwiedern in wildfreudiger Lust das Hurrah, schwenken die Hüte — Tücher wehen aus allen Fenstern der Häuser, wo Kopf an Kopf sich, wie unten auf der Straße, drängt — Tausende von Menschen!

„Majestät! Es sind die Freiwilligen!“ meldete Scharnhorst in großer Bewegung, und als der König rasch an das Fenster trat und nun von unten herauf als die hohe ritterliche Gestalt des verehrten Monarchen erkannt wurde, sich der Jubel noch mächtiger erhob und von den Wagen herauf die Jünglinge, die seinem Rufe gefolgt, ihm zujauchzten, da traten Thränen in das Auge des Königs und seine Hand bebte, als er in tiefer Gemüthsbewegung seinem Volke lebhaft und immer von Neuem Gruß und Dank hinabwinkte.

„Majestät!" rief Scharnhorst ergriffen. „Glauben Sie noch nicht an die Liebe Ihres Volkes?"

An dieser hatte der König nie gezweifelt, nun aber ahnte er auch, welche Kraft und Größe sein Volk entwickeln werde.

Und immer neuer Zuzug von Berlin bereitete sich, obgleich die Stadt noch immer von 6000, und wenn man Alles hinzurechnet, wohl 10,000 Franzosen unter dem Marschall Augereau, Herzog von Castiglione, besetzt war. Dem mochte es jetzt leid thun, daß er nicht schneller zum Entschluß gekommen war und den König als Geißel für das Verhalten seines Volkes gefangen genommen hatte! Die Ober-Regierungscommission that im Sinne ihrer Instruction Alles, um bei der steigenden Erbitterung und drohenden Stimmung der Einwohner einen Conflict zu vermeiden; sie wurde erschreckt durch die Nachricht, welche ihr durch den Polizeipräsidenten zuging, daß ein in Berlin als krank beurlaubter Officier, der unter den gemeinen Leuten viel Anhang hatte, mit dem Plane umgehe, die Hauptstadt durch einen Handstreich einer plötzlichen Volkserhebung zu nehmen — vielleicht gar mit dem Plane einer allgemeinen Ermordung, nach Art der sicilianischen Vesper, grauenhaft! Er sollte sich mit russischen Agenten in Verbindung gesetzt haben, um den Kosaken, welche schon bis über die Oder streiften, die Thore Berlins zu öffnen — zu einer Zeit, wo sein König noch die Allianz mit Napoleon nicht aufgegeben hatte, welche Vermessenheit! Der voreilige Rittmeister, der sich wohl durch York's ansteckendes Beispiel zu solchen Anschlägen hatte verleiten lassen, wurde also zu dem Minister beschieden, wo sich mehrere Mitglieder der Regierungscommission nebst dem Gouverneur General l'Estocq einfanden, man hielt ihm seine Unbesonnenheit vor, und er mußte förmlich wie ein alter auf frischer That ertappter Raubritter Urfehde schwören, daß er nichts Gefährliches gegen die Franzosen unternehmen wolle. Halb belustigt, halb ärgerlich kehrte er von dieser Sitzung heim; er hatte allerdings schon im Sinne des königlichen Aufrufs Freiwillige gesammelt, auch für die Ausrüstung derselben gesorgt, und wäre die Gelegenheit günstig gewesen, so würde er den Handstreich, den man als strafbares Vorgreifen gegen die Intentionen Seiner Majestät des Königs angesehen, mit kühnem Husarenmuthe ausgeführt haben. Nun blieb ihm Nichts weiter übrig, als seine Freiwilligen, die er gern hätte gleich anbeißen lassen, nach Breslau zu schicken, er setzte einen Transport in Bewegung und nahm wieder neue Leute an, die sich bei ihm meldeten.

„Ei, mein Junge! Du scheinst mir noch etwas sehr grün," sagte er zu einem schlank gewachsenen Menschen, der sich ihm vorstellte und ihm einen Empfehlungsbrief von dem Herrn von Neuhauß auf Wedderin überbrachte. „Dir sproßt ja noch nicht einmal der erste Flaum um's Kinn! Siehst so glatt aus wie eine Jungfer! Wirst Du's denn aushalten?"

Der junge Mann versicherte, daß er stark genug sei.

„Nun wird er gar roth, als wär' er wirklich ein Mädel!" rief der Officier lachend. „Komm Du nur unter die Anderen, auf den Marsch, in's Lager, an's Wachtfeuer, da werden sie Dir das Rothwerden schon vertreiben. „Zu welchem Regiment willst Du denn?"

„Das ist mir ganz gleich," erwiederte der

junge Mensch bescheiden. „Wenn ich nur bald gegen den Feind komme!“

„Ja, da müssen wir Alle Geduld haben. Es hätte sich machen können, aber das Handwerk ist uns gelegt worden.“ Er sah wieder in den Brief. „Du heißest Max Ewald? Bist ein Förstersohn — wie alt denn? Fünfzehn oder Sechzehn!“

„Zweiundzwanzig Jahre,“ antwortete der Jüngling.

„Das ist nicht wahr, mein Junge,“ fuhr der Officier auf. Du machst Dich älter, weil Du fürchtest, Du könntest abgewiesen werden — die Ordre lautet: vom siebzehnten bis vierundzwanzigsten Jahre. Meinetwegen, ich werde mir keinen Taufschein geben lassen. Du willst zu den reitenden Jägern, wie ich sehe. Das ist vernünftig. Kannst Du denn reiten, Ewald?“

„Reiten und schießen!“ versicherte der junge Mensch. „Ich habe schon ein Pferd mitgebracht.“

„Desto besser! Sie sollen es mir zeigen — ich muß einen so alten Herrn schon Sie nennen — auch werden Sie ja nun freiwilliger Jäger, denen ganz besondere Prärogative eingeräumt sind. Geld zur Equipage haben Sie auch, wie mir Herr von Neuhauß schreibt, ich werde Alles für Sie besorgen. Schade, daß Sie nicht vorgestern gekommen sind, da hätten Sie gleich mit nach Schlesien abgehen können — nun müssen Sie sich schon noch gedulden, bis wieder Etwas zusammen ist, einzeln kommen Sie nicht durch. Können Sie auch ein Bißchen mit der blanken Waffe umgehen? Die Büchse ist recht schön, aber bei uns Reitern ist doch der Säbel der Matador! Ich hoffe, Sie werden beim ersten Einhauen nicht etwa blaß werden, sondern roth wie jetzt."

„Ich werde dem Regiment keine Schande machen," sagte Ewald, die Augen dreist erhebend.

Dem Rittmeister gefiel das Wesen des jungen Freiwilligen ungemein und er entließ ihn mit lobenden Worten über seinen Muth. — „Wenn Sie sich auszeichnen, können Sie in kurzer Zeit Officier werden!" sagte er. „Die freiwilligen Jäger sollen ja dazu eine Pflanzschule abgeben." Er ertheilte ihm noch Rathschläge für sein Verhalten in Berlin und bestellte ihn zu morgen mit seinem Pferde, um auch für dieses die ganze Einkleidung zu besorgen.

Max Ewald war denn in kurzer Zeit vollständig als reitender Jäger ausgerüstet; auf nochmaliges Befragen, welchem Truppentheil er überwiesen zu werden wünsche, hatte er endlich das brandenburgische Dragonerregiment genannt, dessen

Chef der tapfere Prinz Wilhelm, Bruder des Königs, war. Er erhielt also die schwarzen Abzeichen dieses Regiments auf sein dunkelgrünes Collet, während Andere, welche sich unterdessen für andere Truppentheile meldeten, die bunten Farben derselben für Kragen, Aufschlag und Besatz annahmen. Noch waren aber nicht genug zusammen, um wieder einen Transport abgehen zu lassen, als ein unerwartetes, ja für unmöglich gehaltenes Ereigniß ganz Berlin wie eine zischende Rakete durchblitzte.

Die russischen Armeen waren langsam gegen die Oder vorgerückt, seit der Vicekönig von Italien, welcher bei Murat's Abreise nach seinem Königreich Neapel den Oberbefehl der französischen Streitkräfte führte, die Weichsel verlassen und sein Hauptquartier von Posen, wo er sich lange behauptet, nach Frankfurt an der Oder verlegt hatte. Kutusoff mit der russischen Hauptmacht war dann in Kolo an der Warthe stehen geblieben, Wittgenstein in Konitz; York mit seinem preußischen Corps hatte sich auch in Bewegung gesetzt, war aber noch weit hinter den Russen zurück, und Bülow, der mit großem Eifer die neuen Rüstungen betrieben hatte, stand in Neustettin. Noch immer war kein officielles Verständniß zwischen Rußland und Preußen erfolgt, und die preußischen Generale hatten das Ansinnen Kutusoff's, der sich den Befehl über sie anmaßen wollte, entschieden zurückgewiesen. Aber eben so hatte sich Bülow geweigert, sich und sein Corps unter die Befehle des französischen Marschalls Victor zu stellen, wie der Kaiser Napoleon verfügt und der Vicekönig von Italien aus seinem Hauptquartier angeordnet hatte. Diese Weigerung ließen den Letztern befürchten, daß Bülow dem Beispiele York's folgen und eben so abfallen werde; doch glaubte er immer noch die Vertheidigungslinie der Oder halten zu können, wo die Festungen Küstrin und Stettin in französischen Händen waren, in Schwedt, Frankfurt, Krossen sich wieder Truppen der aufgelösten großen Armee sammelten und organisirten, und die Streitkräfte in Berlin und der Mark, wenigstens 25,000 Mann, eine ausreichende Unterstützung gewährten. Wohl schien die eingenommene Stellung eine achtunggebietende zu sein, aber die leichten Vortruppen der beiden russischen Heere ließen sich dadurch nicht in ihrem kühnen Vordringen abhalten; sie wußten wohl, daß die Franzosen ihnen nicht mit gleicher Waffe begegnen konnten, und was kann einer gut berittenen Reiterschaar, auch wenn sie ganz außer Verbindung mit der Hauptmacht geräth, viel begegnen? So weit der Himmel blau ist und der Athem ihrer Pferde ausreicht, gehört ihr das Feld! Ueberdem ging der Schrecken vernichtend vor den Kosaken her, und die Söhne der Steppe waren sich dessen wohl bewußt. Fürst Repnin, welcher mit der Avantgarde Wittgenstein's bis Landsberg an der Warthe gekommen war, ließ also Tschernitscheff, den Führer seiner Vortruppen, frei gewähren und die gefürchteten Partheigänger Tettenborn, Benckendorff und Dörnberg, der edle hessische Freiherr, welcher einst dem König Jerôme, der ihn mit Gnaden an sich fesseln wollte, kühn den Handschuh hingeworfen hatte, überschritten das Eis der Oder, das unter den Hufen der Kosakenpferde noch fest hielt. Am 17. Februar ging auch Tschernitscheff mit 2000 Reitern über das Eis und vereinigte sich mit jenen kleinen Abtheilungen, so daß er nun 3000 Pferde stark war. Mit diesen rückte er verwegen gegen Berlin vor, erschien plötzlich in Pankow, einem Dorfe, nahe an der Stadt, bekannt genug durch seine vielbesuchten Vergnügungslocale, und forderte von hier durch einen Parlementär den Marschall Augereau auf, die Stadt zu räumen. An eine Wirkung dieser kecken Zumuthung hat er wohl selbst nicht geglaubt, und der Parlementär ist auch bei Augereau nicht angekommen; eben so wenig konnte

Tschernitscheff hoffen, mit 3000 Kosaken Berlin zu nehmen, das von wenigstens zehn Bataillonen mit acht Batterien Feldartillerie und einiger Reiterei besetzt war, aber er rechnete vielleicht auf einen Volksaufstand, und wenn das Alles nicht, so blieb es immer ein glänzendes Reiterstücklein, ruhmvoll für ihn, ein Schrecken für den Feind. Schnell wie der Blitz folgte er daher in getrennten Schwärmen seinem Parlementär auf dem Fuße: Oberst von Tettenborn griff die Stadt an.

Zwei leichte Geschütze donischer Kosacknartillerie, die er nur bei sich hatte, fuhren unter Bedeckung einer Sotnie (Escadron) auf dem Windmühlenberge dicht vor der Stadt auf und thaten einige Schuß, die aber mehr zum Signale für den gleichzeitigen Angriff auf mehrere Thore dienen, als der französischen Cavalerie, die sich zeigte, viel Schaden zufügen mochten. Oberst Tettenborn mit einem Pulk (Regiment) Doner stürzte sich auf diese Reiterei, warf sie und drang mit ihr zugleich in das Oranienburger Thor; auch das Schönhauser-, Bernauer- (jetzt neue Königs-) und Frankfurter Thor wurden von anderen Kosakenhaufen im ersten Anlauf genommen, die französischen Wachen, die nur schwachen Widerstand leisteten, überwältigt oder versprengt, und durch die Straßen zum

Alexanderplatz hin ergoß sich nun der wilde Strom unter dem jubelnden Zuruf der Einwohner, welche die Russen als ihre Befreier begrüßten. Durch alle Stadttheile aber wirbelte der französische Generalmarsch, bliesen die Clairons der Voltigeurs zum Sammeln: die Soldaten, die man längst nicht mehr einzeln einzuquartieren gewagt, eilten truppweise unter ihren Unterofficieren den Alarmplätzen zu, in dem Lustgarten beim Schlosse, wo Cavalerie bivouakirte, wurde hastig gesattelt, die Artillerie ließ aufschirren und anspannen — bald rückten geschlossene Bataillone in Colonnen, die ganze Breite der Straßen einnehmend, auf die wichtigsten Plätze der Stadt und besetzten diese wie die Hauptstraßen, welche nach der Königstadt, dem Stadttheile jenseit der Spree, führten, wo der Einbruch des Feindes geschehen war. Der große Platz am Anfange der Linden, zwischen der Universität und dem Zeughause einerseits und dem königlichen Palais andererseits, der Schloßplatz, welcher die sogenannte lange Brücke beherrscht, auf welcher das Reiterstandbild des Großen Kurfürsten steht, der Gensd'armenmarkt wurden mit Infanteriemassen besetzt, Geschütze aufgefahren, welche die langen Straßen bestreichen konnten; eine starke Colonne, ebenfalls mit Artillerie versehen, rückte bis auf den Alexanderplatz jenseit der Spreearme vor und verhinderte dadurch Tettenborn, mit seiner Hauptmacht weiter in das Innere der Stadt vorzudringen. Es wäre ein verzweifeltes und verlorenes Unternehmen gewesen, das mit unfehlbarer Vernichtung geendigt hätte. Aber die einzelnen zuerst eingedrungenen Kosakenschwärme hatten sich nicht aufhalten lassen; ehe noch genügende Abtheilungen der Franzosen die Straßen und Brücken gesperrt, hatten sie sich wie brausende Wogen in die Gegend jenseit des Schlosses, bis in die Friedrichstadt ergossen — geborene Berliner und andere Deutsche, die länger schon in den russischen Reihen kämpften und sich dem Streifzuge angeschlossen hatten, waren an der Spitze der Schwärme und dienten ihnen zu Führern durch das Labyrinth der Stadt. Ueberall, wo die fremdartigen Reiter, in ihren hohen Sätteln mit gefällten Lanzen weit vorgebeugt, auf ihren hirschhälsigen, langmähnigen Pferden daherjagten, empfing sie der Jubel der Einwohner, welche nicht wie sonst bei feindlichem Einfall sich angstvoll in ihre Häuser verschlossen, sondern auf den Straßen sich drängten, wo die wilde Jagd vorüberging. Noch war der böse Zauber, der in dem Schreckenswort: „Die Kosaken!“ während des Rückzugs aus Rußland lähmend auf die Franzosen gewirkt hatte, nicht gebrochen — hatten doch vor wenigen Tagen noch 42 Kosaken den Ueberrest des Davoust'schen Corps, 1500 Mann mit sechs Geschützen in feiger Flucht bis unter die Kanonen von Küstrin gejagt! So wurden auch in Berlin jetzt viele französische Trupps, welche noch im Marsch zu den Alarmplätzen waren, unter dem Beifall und dem Gelächter der Berliner von den Kosaken zersprengt, kein Mitleid wurde den Gefallenen zu Theil, die von Lanzenstichen durchbohrt auf das Pflaster stürzten — preußische Freiwillige zeigten sich in Uniform, und hätten am Liebsten gleich Theil genommen am Rachewerke, während schon einzelne Kanonen- und Flintenschüsse fielen.

„Halt, junger Mensch! Sind Sie rasend?" rief ein Officier, der zum Glück noch hinzukam, als einer von ihnen mehrere andere dazu aufmunterte. „Haben wir etwa schon Krieg? Sie sind es, Ewald? Noch keinen Bart und schon so blutgierig? Fort hier — und wenn Ihr Euch zeigen wollt, dann ohne Waffen! Ich befehle es!" Die Kosaken waren schon vorüber, ihnen nach wälzte sich das Volk, hinter ihnen schlossen die Franzosen wieder zusammen und wagten nicht mehr zu schießen, wo es auch Bürger getroffen und die Wuth der Menge auf sie gezogen hätte, sie nahmen nur ihre Verwundeten auf und eilten, sich größeren Abtheilungen anzuschließen. In mehreren Straßen fielen Schüsse, tobte Getümmel; wo höhere französische Officiere, augenblicklich ohne Commando, wohnten, von denen Berlin überfüllt war, zeigten die Einwohner den Kosaken das an; so wurde aus dem Hause, wo der allbekannte „alte Heim", der berühmte Arzt, wohnte, ein Oberst Lambert gefangen genommen; die geborenen Berliner bei den Kosaken hatten die Verwegenheit, ihre Verwandten, die in Nebenstraßen wohnten, aufzusuchen, bei ihnen abzusitzen und sich in aller Eile zu erfrischen. Die vereinzelten Schwärme, gering an Zahl, welche unaufhaltsam in die Stadt hineingejagt waren, geriethen, als Oberst Tettenborn nicht weiter vordringen konnte und die Franzosen alle wichtigen Punkte besetzt hatten, in die größte Gefahr — Viele gelangten auf Umwegen wieder zu den Thoren, durch welche sie eingedrungen waren, Andere konnten sich nur durch die äußerste Kühnheit retten. Ein einzelner Kosak stürzte sich auf ein ganzes Bataillon, das ihm entgegenkam, und durchbrach es, ohne verwundet zu werden; ein versprengter Schwarm jagte am Lustgarten vorüber, wo feindliche Cavalerie aufgesessen hielt, die Linden hinab zum Brandenburger Thore — hier stand eine ganze Voltigeurcompagnie auf Wache unter dem Gewehr, sie that Nichts, den Kosaken den Ausgang zu sperren, und erst als ihr Hufschlag unter den Säulen des Thores donnerte, gab sie eine Salve hinterdrein, von der nur ein Reiter getödtet wurde. Noch behauptete sich Tettenborn eine Weile jenseit des Alexanderplatzes, die Kosaken schossen sich unwirksam mit den vordringenden Franzosen herum, und scheuchten von Zeit zu Zeit durch einzelne Prellattaken die Tirailleurs zurück, aber der Rückzug wurde nothwendig, und Berlin denn auch bald geräumt. Auf dem Windmühlenberge hielt General Tschernitscheff mit 1000 Pferden und den beiden Geschützen zur Aufnahme bereit. Marschall Augereau befahl ihn aus dieser Position zu vertreiben, und was eben zur Hand war, ging auch zum Angriff gegen die Höhe vor; ein wüthender Anfall der Kosaken warf denselben aber zurück, und die Franzosen beschränkten sich darauf, die Thore jenes Stadttheils stark zu besetzen und zu verrammeln. Die Kosaken hatten während der ganzen Nacht ihre Vedetten — je drei Mann, davon, wie immer, nur einer zu

Pferde, die anderen abgesessen, das Roß am Zügel — in unmittelbarer Nähe der Stadt, erst am Morgen zogen sie ab. Das war der Ueberfall von Berlin, bei welchem einer der ersten Deutschen für die Freiheit des Vaterlandes sein Leben geopfert: Alexander von Blomberg, der unter den Russen gekämpft hatte. Der erste Deutsche, welcher überhaupt gefallen, war aber Georg von Arnim gewesen, der bei Werneuchen am 18. Februar von einem würzburgischen Chevauxleger erschossen worden.

„Ewald!" sagte der Officier in der Leipziger Straße zu Berlin, als in seiner Nähe Alles vorüber war, zu dem jungen Jäger, den er nicht mehr von seiner Seite gelassen hatte, weil er von seiner sichtlichen fieberhaften Aufregung eine neue Unbesonnenheit fürchtete. „Sie hätten mir einen schönen Streich spielen können! Ich habe mein Ehrenwort gegeben, die Hand aus dem Spiele zu lassen, und wenn die Freiwilligen auch ohne meine Erlaubniß mit zugeschlagen hätten, so wäre ich doch dafür verantwortlich gemacht worden."

„Das wußte ich nicht. Ich glaubte, die Zeit wäre gekommen," antwortete Ewald, nun wieder ganz bescheiden, fast demüthig.

„Sie sind wahrhaftig noch nicht sechzehn Jahre,

gestehen Sie es nur! Ihre Stimme macht noch gar keine Anstalt, sich zu brechen," bemerkte der Officier lächelnd, indem er mit ihm weiter ging. „Nun, Sie haben recht viel Zeit zu einer guten Carrière vor sich. Aber so lustig, wie Sie hier gesehen haben, geht es nicht immer ab. Das war eine Treibjagd, nicht wahr, Herr Forstmann? Oder auch eine Parforcejagd. Das Wild wird sich aber schon besser zur Wehr setzen und uns selbst zu Leibe gehen; dann giebt es einen ernsthaften Strauß, junger Herr. Dann geht es um das Leben."

„Ich bin darauf gefaßt. — Hier war wenig Ehre zu gewinnen!" erwiederte Ewald. Der Officier klopfte ihn auf die Backe, was wiederum eine lebhafte Röthe in sein Gesicht steigen ließ.

„Wollen Sie nicht lieber bei mir bleiben, mit zu meinem Regiment gehen, wohin ich bald zurückkehren werde?" fragte der Rittmeister. „Haben Sie Freunde oder Verwandte bei Prinz Wilhelm Dragonern? Unser rother Kragen und die weißen Schnüren auf der Brust würden Ihnen nicht übel stehen, viel besser als die schwarze Trauerfarbe."

Jetzt wich die Röthe von den Wangen des Jünglings und er wurde bleich. — „Sie paßt für mich," sagte er. Der Officier konnte dem Tone anhören, daß er unbewußt mit seinen Worten eine schmerzhafte Stelle berührt hatte; vielleicht eine Trauer, die er im Herzen trug. Er hielt es für unrecht, danach zu fragen, nahm die Antwort vielmehr im gleichgültigen Sinne auf und befahl ihm dann im Ausdruck des Vorgesetzten, sich in sein Quartier zu begeben und auf seiner Hut zu sein, da möglicher Weise noch ein Nachspiel folgen werde.

„Es sollte mich nicht wundern," setzte er hinzu, „wenn der französische Marschall ein Strafgericht über die Stadt verhängte. Die guten Berliner haben ihre Sympathien etwas ungenirt zur Schau getragen. — Morgen wollen wir übrigens ausrücken, Ewald, halten Sie sich marschfertig."

Auch die Väter der Stadt hatten jene Befürchtung; sie wandten sich deshalb an die Ober-Regierungscommission, und diese bat den Marschall Augereau um Schonung der Residenz. Unter den Franzosen herrschte die größte Erbitterung gegen die Bewohner von Berlin, deren bisher wenig verhehlte Stimmung sich nun, wenn auch noch nicht thätlich, doch in dem wilden Ausbruch, mit welchem sie die Russen begrüßt, und durch den Vorschub, den sie ihnen überall geleistet, kund gegeben hatte. Nur ein wenig die Zügel der Disciplin schießen lassen, so hätten sich alle Gräuel der Rache über die Bevölkerung ergossen. Aber wie gereizt auch selbst die Generale und höheren Führer waren, Augereau mußte die Hauptstadt eines Bundesgenossen, der vielleicht doch endlich zum Festhalten bewogen werden konnte, noch schonen, und so gab denn der Marschall mit unterdrücktem Grimme das erbetene Versprechen, welches sofort von Seiten der Regierungscommission mit der dringenden Ermahnung, Ruhe und Ordnung aufrecht zu halten, durch Maueranschlag bekannt gemacht wurde. Viele unruhige Elemente hatten aber die Gelegenheit benutzt, um die Stadt zu verlassen und unter dem Schutze der Russen zu den Sammelplätzen der preußischen Corps zu gelangen.

Der Vicekönig von Italien hatte unterdessen, noch ehe ihm der verwegene Handstreich Tschernitscheff's bekannt wurde, den Entschluß gefaßt, auch die Vertheidigungslinie der Oder aufzugeben, die er nicht mehr haltbar glaubte. Sein Stiefvater, der Kaiser, würde das nicht gethan, er würde den Schleier, der ihm die Wahrheit über die Maßregeln des Feindes verhüllte, zerrissen und die Volksstimmung, welche bei Eugen Beauharnais schwer in's Gewicht fiel, verachtet haben. Dieser konnte nicht annehmen, daß die russischen Vortruppen, welche mit so rücksichtsloser Kühnheit seine Postirung durchbrachen, ohne Unterstützung durch unmittelbar folgende größere Streitkräfte wären: in Napoleon's Kriegsführung mit Heeresmassen zu entscheidenden Schlägen hatte der kleine Krieg der Partheigänger, der wohl empfindlichen Abbruch thun, aber Nichts entscheiden kann, keine Stelle gefunden, ihm waren diese Freicorps nicht viel besser als Räuberschaaren, wie er sie ja auch mehrfach behandelt hat: so das Schill'sche, so später das Lützow'sche Corps. Eugen zweifelte nicht daran, daß die beiden russischen Armeen gegen die Oder im Anmarsch seien, daß sie die preußischen Corps von York und Bülow mit sich fortgerissen hätten, und daß bei ihrem Erscheinen selbst gegen den Willen des Königs sofort ein Volkskrieg gegen die Franzosen ausbrechen werde, vor welchem, abgesehen vom militärischen Standpunkt, auch das menschliche Gefühl des edlen Prinzen sich sträubte. Wie mußte sich aber seine Lage gestalten, wenn der König von Preußen die täglich erwartete Kriegserklärung aussprach und die Armee, deren Bildung in Schlesien kein Geheimniß war, dem französischen Heere an der Oder in die Flanke und auf die Rückzugslinie warf!

Der Vicekönig gab aus all' diesen Gründen die Oder auf, setzte am 21. seine Truppen in Bewegung, um hinter der Spree eine neue Aufstellung zu nehmen, und erfuhr unterwegs erst, was gestern in Berlin geschehen war. Er verlegte darum sein Hauptquartier nicht dorthin, wie er Anfangs beabsichtigt hatte, sondern nach Köpenick, zwei Meilen von Berlin, von wo er nur auf eine Nacht nach der Hauptstadt zu einer Besprechung mit Augereau kam. Ruhe herrschte jetzt in Berlin, eine Grabesstille! Die Thore, mit Ausnahme des Brandenburger, Potsdamer, Halleschen und Köpenicker (jetzt Schlesischen), waren gesperrt, alle Verbindung mit Außen abgeschlossen, keine Post ging ab, kein Mensch durfte ohne Erlaubniß des Marschalls die Stadt verlassen; auf den Plätzen bivouakirte die ganze Garnison, Kanonen waren zur Bestreichung der Straßen aufgefahren.

Aber Berlin zu halten, zu vertheidigen, konnte der Vicekönig nicht mehr hoffen, obgleich der Marschall Gouvion St. Cyr darauf drang, welcher an Augereau's Stelle, der eine andere Bestimmung erhalten hatte, in Berlin den Befehl übernahm, jedoch bald darauf erkrankte. Die Nachricht, daß Wittgenstein nun wirklich die Oder mit seiner Armee überschritten, daß auch von Kutusoff's Heere ein Streifcorps sich Berlin bis auf wenige Meilen genähert habe, bewog Eugen, noch einen weiteren Schritt rückwärts zu thun und sich bis hinter die Elbe zurückzuziehen. Alle Truppen in der Mark marschirten Anfangs März dahin ab, die Garnison von Berlin in der Nacht zum 4. März, nachdem sie mit den Russen ein Uebereinkommen auf ungehinderten Abzug geschlossen hatte; auch Stralsund wurde verlassen, der General Morand, der hier gestanden, zog sich durch Mecklenburg auf Hamburg zurück. Bis zur Elbe war Deutschland jetzt von den Franzosen geräumt, und der Herzog von Mecklenburg-Strelitz gab den deutschen Fürsten ein vorleuchtendes Beispiel, er war der erste von ihnen, der sich vom Rheinbunde lossagte, noch ehe Preußen mit Frankreich gebrochen hatte.

Achtes Kapitel.

Der Februar war zuletzt sehr mild gewesen, im März wehten schon laue Frühlingslüfte; es schien, als wolle auch die Natur alle Vorbereitungen für den großen Kampf begünstigen. Nach dem Abmarsch der Franzosen aus der Mark konnte sich die allgemeine Begeisterung dafür ihrem vollen Aufschwunge überlassen, und wer daheim bleiben mußte, durch körperliche Schwäche oder das Alter oder andere zwingende Verhältnisse gefesselt, der trug wenigstens durch freiwillige Gaben im reichsten Maße nach seinen Kräften dazu bei. Herr von Neuhauß auf Wedderin hatte drei reitende Jäger ausgerüstet und spendete außerdem noch ansehnliche Summen, die er in Berlin zahlbar anwies. Den Abzug der Franzosen, den Einmarsch Wittgenstein's unter Ehrenbezeugungen, wie sie kaum sein Kaiser erwarten mochte, hatte er erfahren — York mit seinem Corps wurde erwartet, endlich! Als der alte Förster das hörte, bemächtigte sich seiner eine große Unruhe: Berlin war sehr weit und er konnte nicht gut abkommen, da er das große Revier nun allein zu belaufen hatte, aber der Wunsch, seinen Chef, der doch unläugbar das erste Signal zu der jetzigen Erhebung Preußens gegeben, noch einmal vor seinem Tode und gerade bei einer so herrlichen Gelegenheit, wie sein Einmarsch in Berlin, wiederzusehen, wuchs von Tage zu Tage, und er sprach ihn zuletzt gegen den Gutsherrn von Wedderin aus.

„Wir wollen zusammen nach Berlin fahren, Drobisch,“ sagte dieser schnell entschlossen. Am 17. wird das York'sche Corps einrücken, wir haben also noch ein paar Tage Zeit.“

Der Förster nahm das Anerbieten mit Dank an, er hegte dabei noch die Hoffnung, in Berlin zu hören, wo sich das Jäger-Detachement, an welchem er besondern Antheil nahm, formire: zwei Schwadronen des Regiments kamen mit dem York'schen Corps zurück; es fragte sich, wann und wo die Zurückgebliebenen mit den Jägern wieder dazustoßen würden. Luise hatte ihm zuletzt geschrieben, daß sie nach Schlesien abgereist sei.

Spät an demselben Tage, wo Herr von Neuhauß sich zu der Reise nach Berlin entschlossen hatte, fuhr ein Bauerwagen auf den Hof zu Wedderin, und der Gutsherr, der aus dem Fenster sah, bemerkte zwei junge Männer auf dem Strohbunde, welches den Wagensitz bildete. Freiwillige! dachte er. Es waren schon Mehrere auf ihrer Reise zu ihm gekommen, um ihn, dessen Gesinnung und Klugheit in der ganzen Gegend bekannt war, über Manches um Rath zu fragen, auch wohl eine Unterstützung von ihm zu empfangen. Er ging daher den beiden jungen Leuten freundlich entgegen. Der Eine, ein hochgewachsener, bildschöner Jüngling, erblickte ihn kaum, als er mit heller Stimme rief: „Lieber Onkel! Wir kommen zu Dir auf der Durchreise — haben einen Haken schlagen müssen, weil wir über Leipzig nicht durchkamen. Ich bin Eduard Winneberg und das ist Emil Gerhardt — Du kennst wenigstens unsere Väter."

„Wie?!" rief Neuhauß erfreut, „Du bist der Hallenser Studio? Deine Eltern waren vor acht Wochen bei mir! Und das ist der Sohn meines alten Freundes — o, ich habe Sie wohl als Knaben gesehen, hätte Sie aber freilich nicht wieder erkannt. Willkommen Beide! Auf der Durchreise, sagst Du? Und über Leipzig nicht durchgekommen? Was heißt das?“

„Daß wir deutsche Studenten sind, Onkel, und mit losschlagen wollen!“ rief der junge Winneberg, und sein Freund bestätigte es mit kräftigem Wort.

„Brave Jungen!“ sagte der Gutsherr. „Nur herein! Ihr bleibt über Nacht bei mir — morgen schaffe ich Euch weiter. — Wo wollt Ihr hin?“ fragte er sie im Zimmer, während draußen ihr geringes Gepäck vom Wagen genommen wurde. „Berlin ist jetzt frei — dort findet Ihr aber noch keine Preußen. Die meisten jungen Leute sind nach Schlesien gegangen — doch wird das York'sche Corps bald in Berlin einrücken.“

„Wir wollen auch nach Schlesien,“ sagte der junge Gerhardt. „Ueber Berlin ist ein zu großer Umweg; wenn Sie uns bis zu meinem Vater fahren lassen wollen, würden Sie uns eine große Güte erzeigen, mein Vater, als sächsischer Amtmann, wird uns dann schon weiter forthelfen, wenn er sich auch erst wundern wird.“

„Gern will ich das thun!“ versicherte Neuhauß. „Ihr Vater, das weiß ich vorher, wird mit Ihrem Entschluß ganz einverstanden sein, wenn er ihn auch zuerst überrascht. Ihre Frau Mutter,“ setzte er lächelnd hinzu, „möchte weniger Freude darüber empfinden, denn sie ist ein wenig von den Herren Franzosen eingenommen, wie viele sächsische Damen — auch wird ihr Mutterherz für den Liebling zagen; Sie sehen, daß ich genau in Ihrer Familie Bescheid weiß, darum werden Sie es auch dem alten treuen Freunde Ihrer Eltern nicht verdenken, daß er so offen spricht. — Wie steht es denn mit Dir, Eduard? Hast Du zu Hause angefragt?"

„Dazu war keine Zeit, Onkel," erwiederte der Neffe. „Auch würde die Antwort mich in einen Conflict gebracht haben. Kann der Vater, wo kein Brief mehr sicher ist, erbrochen und gelesen zu werden, mir seine Erlaubniß geben, zu den Feinden unseres Königs zu gehen? Die Mutter — nun, Onkel, es sind nicht blos sächsische Frauen, die sich durch die äußeren Formen der Franzosen bestechen lassen! Mein Bruder Ferdinand, der bei der Garde-du-Corps Jerôme's steht, würde außerdem Alles gethan haben, um die Eltern gegen meinen Vorsatz zu stimmen. So bin ich denn mit Gerhardt und mehreren anderen Commilitonen frisch durchgegangen — auf die Gefahr hin, mit Ferdinand einmal die Braut von Messina aufzuführen. Unsere Braut wird aber Germania heißen."

Neuhauß freute sich der tüchtigen Gesinnung, welche sich in jedem Worte der jungen Männer aussprach. Er erinnerte sich, was der alte Gerhardt ihm von seinem Sohne erzählt hatte, und sprach mit diesem noch viel über Alles, was er mit einer für sein Alter seltenen Beharrlichkeit sowohl durch eigene Wahrnehmungen als durch Mittheilungen anderer gleichgesinnter Studenten in Erfahrung gebracht hatte. Vielleicht sah er nach Art der Jugend Alles in einem zu günstigen Lichte, aber er sprach die feste Ueberzeugung aus, daß auch jenseit der Elbe bis zu den Gestaden der Nordsee hin das Volk nur auf den Führer warte, um sich gegen seine Unterdrücker zu erheben.

„Der Führer wird nicht auf sich warten lassen," versetzte Neuhauß. „Sie wissen, wen ich meine. Er ist schon im Anmarsch."

„Sie meinen Dörnberg!" rief Gerhardt. „Wo ist er jetzt?"

Neuhauß wußte, daß er sich nach Mecklenburg gewandt habe und von dort wahrscheinlich gegen die untere Elbe vordringen werde. Westphalen, wenn auch unter einem fremden Herrscher, war doch wenigstens ein deutsches Königreich geblieben, die Küstenländer aber hatte der Erbfeind Deutschlands zu seinem Kaiserthum Frankreich geschlagen. Hier vor Allem war Rettung nöthig, und Neuhauß zweifelte nicht daran, daß Dörnberg von England, dessen eigenes Interesse hier im Spiele war, kräftige Unterstützung zu erwarten habe. Vertrauen auf England!

Die jungen Freunde erhielten den alten Herrn wach bis tief in die Nacht, ohne daß es ihn angriff; es schien, als erfrische er sich in der Unterhaltung mit ihnen auch körperlich, und als er früh Morgens erwachte, fühlte er durchaus nicht, wie viele Stunden er seinem gewohnten Schlafe abgebrochen hatte. „Ich würde versuchen, Deine Eltern mit Deinem Schritt auszusöhnen," sagte er zu seinem Neffen beim Abschiede, „wenn ich nicht fürchtete, daß auch mein Brief von Eurer geheimen Polizei erbrochen würde und Deinen Eltern Unannehmlichkeiten bereiten könnte. Seit ihrer Abreise habe ich wohl aus demselben Grunde Nichts von ihnen gehört, und es interessirt mich doch sehr, wie Dein Vater mit dem Adelsnachweis und dem geforderten Eid der Treue zurecht gekommen ist."

Eduard zuckte die Achseln und sagte mit einem Erröthen unwilliger Scham: „Er hat Beides geleistet."

„Wie?!" rief Neuhauß. „Und er war doch

so fest entschlossen — Deine Mutter sagte es mir! — dies Ansinnen nicht zu erfüllen!"

Eduard sah den Oheim mit großen Augen an und schien um eine Antwort verlegen zu sein.

„Das ist denn nicht mehr zu ändern," fuhr Neuhauß fort. „Ich kann von hier aus nicht beurtheilen, was ihn dazu gezwungen hat."

„Solltest Du nicht die Mutter unrichtig verstanden haben?" fragte Eduard. „Jene Formalitäten sind schon vor Jahr und Tag erfüllt worden."

Jetzt stieg in Neuhauß' Gesicht eine Röthe, doch unterdrückte er gegen den Sohn die Aeußerung des Gefühls, welches durch dessen überraschende Mittheilung in ihm geweckt worden war, und sagte sich, daß hier auf jeden Fall von der einen oder der andern Seite ein Mißverständniß obwalten müsse. Er brach dies Gespräch ab und fragte die jungen Leute, ob sie sich schon für ein bestimmtes Corps entschieden hätten. Als sie es verneinten, schlug er ihnen das Regiment vor, bei welchem Winneberg einen Vetter finden würde, den jungen Lomnitz, der sich ihrer gewiß annehmen und ihnen in der neuen Laufbahn manchen guten Rath geben werde. „Ich habe schon einen jungen Menschen dahin gewiesen," sagte er. „Wenn es sich fügt, so bitte ich Euch, daß Ihr ihn aufsucht: er heißt Max Ewald und ist ein Förstersohn, vielleicht aber doch nicht allen Anstrengungen des Krieges gewachsen. Merke Dir den Namen, Eduard, es wäre mir lieb, wenn Du Dich des jungen Menschen, für den Fall, daß Ihr zu einer Truppe kommt, annehmen und mir einmal über ihn schreiben wolltest."

„Protectionen also auch bei den freiwilligen Jägern!" erwiederte Eduard Winneberg lustig. „Nun, ich will Deinen Protégé nach Kräften weiter protegiren, Du empfiehlst uns dem Vetter Lomnitz — es wird eine Kette von Nepotismus, aus welcher sich vielleicht bald ein paar Lieutenantspatente herausschlagen lassen. Max Ewald — merke Dir's auch, Emil!"

In heiterster Laune schieden sie und fuhren ihrer Zukunft, die ihnen wie in lodernden Flammen schimmerte, freudig entgegen. Die nahe sächsische Grenze war erreicht; im ersten Dorfe, wo sie fütterten, forschten sie schon nach Zeichen einer ähnlichen Stimmung, wie sie dieselbe auf ihrer ganzen Reise getroffen hatten, sie fanden dieselbe indeß nur sehr gemäßigt. Auf die Franzosen war zwar kein Mensch gut zu sprechen, aber diese Gegend hatte doch wenig von ihnen gelitten, und dann, wie konnte man von einfachen Bauern, die auf ihrer Scholle Jahr aus Jahr ein ackern, säen und ernten, ohne über die engen Bedürfnisse und Erlebnisse ihres Daseins hinauszublicken, eine höhere Anschauung der Dinge, ein allgemeines Nationalgefühl verlangen? Gegen Abend kamen sie in dem sächsischen Städtchen, Gerhardt's Heimath, an, und fuhren gleich bei seinem Vater vor. Ein straff aufgerichteter Mann mit Amtsmiene und Stock kam eben mit schnellen steifen Schritten aus dem Hause.

„Rübler!“ rief der Sohn dieses Hauses, vom Wagen springend.

Der Amtsfrohn sah ihn an: „Ei Herr Jeh,“ rief er in heimischer Modulation, die er nur in unbewachten Augenblicken so singend hören ließ. Der junge Gerhardt fragte nach seinem Vater, dieser war nicht zu Hause, wohl aber die Mutter, deren Zustimmung zu dem Vorhaben des Sohnes, wie Herr von Neuhauß sehr richtig bemerkt hatte, schwer, vielleicht gar nicht zu erlangen war. Indessen mußte es versucht werden. Rübler eilte voran, ihn zu melden. Die Mutter, durch die Nachricht eher erschreckt, kam ihm gleich entgegen, sein frisches Aussehen beruhigte sie aber beim ersten Anblick, und sie schloß ihren Liebling — der alte

Freund hatte auch darin Recht! — mit Freudenthränen in die Arme, seinen Begleiter völlig übersehend. Als er ihr dann vorgestellt wurde, hieß sie ihn willkommen, sie wußte ja aus Emil's Briefen von ihm, daß er sein bester Freund sei, und ihr Mann hatte seine Eltern in Wedderin kennen gelernt. Daß Beide jetzt kamen, zu so ungewöhnlicher Zeit, kurz vor Ende des Semesters, war ihr freilich auffallend, indessen haben Studenten ihre eigenen Wege, und sie fragte nicht weiter danach. Emil aber ließ sie nicht lange im Zweifel. Sobald sie erst ihre Einrichtungen für die Aufnahme des Gastes und ihres Sohnes getroffen und Emil seinen Freund in ihrem gemeinschaftlichen Zimmer zurückgelassen hatte, erklärte er der Mutter nach einem kurzen Eingange seinen Entschluß. Sie glaubte zuerst, er wolle sie in seiner übermüthigen Weise, die sie selbst am Meisten begünstigt hatte, necken, als sie aber den Ernst in seinem Auge und seinen Worten bemerkte, erschrak sie bis zur Fassungslosigkeit. Die Gefahr für ihren Liebling war es nicht allein, welche sie entsetzte, nicht das Vorhaben allein, in welchem sie Empörung gegen den König, ihren Landesherrn, sah, sondern auch die Erniedrigung, in welche sich Emil freiwillig stürzen wollte! Hatte sie ihn zum gemeinen Soldaten erzogen? Ihr schwebten nur die aus den niedrigsten Klassen des Volkes, oft aus dessen Hefe genommenen, der brutalsten Behandlung unterworfenen, gefuchtelten und alles Ehrgefühls beraubten Söldlinge vor, welche damals im blauen, wie im weißen und rothen Rocke alle deutschen Heere füllten, und von den ehrbaren und gebildeteren Einwohnern gemieden, ja verachtet wurden. Von edleren Elementen des Kriegerstandes hatte sie, welche demselben immer fern geblieben war., nicht die entfernteste Ahnung, sonst würde sie gerade in Sachsen, wo die ausländische Werbung, die den Armeen oft den Abschaum der menschlichen Gesellschaft zuführte, nie in dem Umfange wie in Preußen betrieben worden, und die Landeskinder auch im Soldatenrocke dem Volke nicht entfremdet waren, Achtung vor dem Wehrstande gewonnen haben, Ihre Entrüstung über das Vorhaben des Sohnes, das sie nur für eine flüchtige Idee, durch den tollen Rausch in Preußen erzeugt, ansah, ergoß sich in Worten, welche nur von ihrer Liebe gemildert wurden; sie schalt es Wahnsinn, daß er ihr so Etwas nur vorrede, sie gab die Schuld dem schönen Westphalen, der ihr ganz den Eindruck eines auf Abenteuer ziehenden Ritters machte. —

„Ein Ritter, Du hast Recht, auch Emil handelt als Ritter — auf den Adel kommt es dabei nicht an!“ so unterbrach plötzlich ihren Redestrom die starke Stimme ihres Mannes, dessen Eintritt sie gar nicht bemerkt hatte. „Beruhige Dich, Mutter!“ Er umarmte den Sohn, der ihm freudig entgegenflog; die Worte, die er gehört, hatten ihm schon Alles gesagt.

Es war nun in der That Alles umsonst, was die Mutter in steigender Angst vorbrachte, um auch gegen den Vater, der ihn in Schutz nahm, den Entschluß des Sohnes zu bekämpfen, und als dieser auf ihre Liebe für ihn sich berief, die ihn nicht verstoßen werde, wenn er auch seiner eigenen Ueberzeugung folge, und der fremde Gast erschien, vor welchem sie sich nicht ihrer Aufregung ganz überlassen durfte, da war sie besiegt, und es blieb ihr Nichts übrig, als noch in aller Eile wie eine Mutter für die Ausstattung ihres Sohnes zu sorgen. Unter bitteren Thränen freilich geschah das. Sie bat ihn, wenigstens noch ein paar Tage bei ihr zu bleiben, da der Krieg, wie sie von ihrem Manne gehört hatte, ja noch nicht erklärt sei, aber der Vater war selbst für ungesäumte Abreise, weil die Franzosen in Sachsen, seit der König Dresden verlassen hatte, immer mehr die Herren spielten und ein Durchkommen nach Schlesien schwieriger werden konnte. So verließ denn Emil Gerhardt das Vaterhaus mit seinem Freunde schon am andern Morgen, begleitet von den Segenswünschen nun auch der Mutter, welche sich in das Unabwendbare gefügt hatte.

Nach Breslau denn! Die akademische Jugend war es vor Allen, in welcher sich das heilige Feuer der Begeisterung, von Universität zu Universität getragen, für Deutschlands Befreiung entzündet hatte. Ihre Lehrer hatten das Ihrige dazu gethan, sie zu entflammen; Steffens in Breslau hatte es gewagt, gleich nach dem Aufrufe vom 3. Februar, der noch nicht einmal in der Zeitung bekannt gemacht war, vom Katheder in einem glühenden Vortrage den Rettungstag von Deutschland, ja von ganz Europa zu verkündigen, den Feind, der noch nicht genannt war, zu bezeichnen und ihm vor einer dichtgepreßten Menge athemlos lauschender Zuhörer den Krieg zu erklären; er hatte die Jugend zum Kampfe aufgefordert und verheißen, denselben mit ihr zu theilen. Der französische Gesandte, zu welchem die Kunde von diesem unerhörten Beginnen gekommen, war gleich zum Staatskanzler geeilt und hatte sich darüber beschwert; der Staatskanzler hatte Steffens durch den Rector der Universität zur Vorsicht ermahnen lassen — war es aber noch Zeit, seine Vaterlandsliebe in ängstliche Vorsicht zu hüllen? Nicht in Breslau und Berlin allein lichteten sich die Hörsäle, auch von außerpreußischen Universitäten eilten viele Jünglinge herbei, um hier, wo es vor der Hand allein möglich war, die Waffen für Deutschland zu ergreifen; nicht Allen gelang es, die Schlagbäume, welche überall gezogen waren, zu überwinden; so mußten Sieben von Rostock, die sich aufgemacht, wieder umkehren, ihnen gab indeß bald die Bewaffnung im eigenen Lande, als beide Herzöge von Mecklenburg sich dem Bunde gegen Frankreich angeschlossen hatten, die heißersehnte Gelegenheit. Aus Halle waren aber Mehrere glücklich durchgekommen, und es fügte sich, daß Gerhardt und Winneberg mit ihren Studiengenossen, welche andere Wege gesucht, vor Breslau wieder zusammentrafen und vereint hier einziehen konnten. Zufällig kam ihnen der König zu Pferde entgegen: „Von Berlin?" fragte er sie. — „Halle! Halle! Majestät!" war ihr bedeutungsvoller Zuruf. Da ging eine helle Freude in den ernsten Zügen Friedrich Wilhelm's auf; von Halle kamen sie, welches er hatte abtreten müssen, sein Ruf hatte auch dort deutsche Herzen getroffen, und das altpreußische Gefühl war in den sieben Jahren der Fremdherrschaft noch nicht erloschen! Er lobte die Jünglinge in seiner kurzen Redeweise für ihren Entschluß und ritt weiter, von dem Gelingen des großen Werkes, an welchem seine vom Unglück gebeugte Seele lange gezweifelt hatte, mehr und mehr überzeugt.

Die Schritte, welche für dasselbe zu thun waren, hatten schon eine raschere Folge angenommen. Stein war seit dem 22. Februar in Breslau eingetroffen, Oberst von dem Knesebeck, Flügeladjutant des Königs, und später General Scharnhorst in das Hauptquartier des Kaisers Alexander nach Kalisch gesandt und am 27. Februar ein Schutz- und Trutzbündniß mit Rußland geschlossen worden. Dasselbe wurde noch geheim gehalten, und die Kriegserklärung an Frankreich noch verzögert, um das wehrlose Land, das noch in den Händen der Franzosen war, nicht ihrer Wuth preiszugeben: das edle Herz des Königs mochte diesem Grunde, welchen die Parthei des Zauderns und Schwankens gegen ein rasches Vorgehen geltend machte, am meisten Gehör geben. Aber was dadurch seinem Volke an Leiden erspart wurde, mußte dasselbe durch Ströme von Blut wieder aufwiegen, welche der Krieg gegen den in der Zeit des Abwartens erstarkten Feind mehr kostete, als eine kühne That sechs Wochen früher gefordert haben würde. Wende man nicht ein, daß die Rüstungen noch nicht vollendet, keine Streitkräfte zum Angriff vorhanden waren: der Feind hatte noch weniger zur Vertheidigung zur Stelle, und seine Rüstungen geschahen im fernen Frankreich; ein rascher Bruch mit Napoleon hätte die deutschen Fürsten mit fortgerissen, das deutsche Volk sogleich und überall zur mächtigsten Erhebung bewogen, und Deutschland, namentlich Sachsen, hätte das unsägliche Elend des Krieges nicht noch ein halbes Jahr getragen. So wollten es die Männer der That in Preußen, vorzüglich Gneisenau, der Vertheidiger von Kolberg, der nun auch von England angekommen war, aber ihre Stimme verhallte noch. Dagegen wurden die Rüstungen fortgesetzt und durch neue Verordnungen unterstützt, welche die Bildung von Freicorps, außer den freiwilligen Jägern, besonders aber die letzteren betrafen. Diese edlen Elemente, aus denen sich das Officiercorps der Armee ergänzen sollte, mit Schonung zu behandeln und vor dem Feinde mit Schonung zu verwenden, wurde den Befehlshabern zur Pflicht gemacht. Wichtig war die Aufhebung der bisherigen Befreiung vieler Klassen von Staatsangehörigen von der allgemeinen Wehrpflicht, wobei zugleich Strafen für diejenigen, welche sich unter nichtigen Vorwänden dem Kriegsdienste entzögen, festgesetzt wurden — bei der ruhmwürdigen allgemeinen Hingebung für das Vaterland, wie die Verordnung anerkannte, zwar höchst seltene, aber doch zu bestrafende Beispiele. Scharnhorst war eifrig bei der Arbeit, seinen eigenen letzten Entwurf für die Bildung der Landwehr mit dem aus Preußen vorgelegten, dessen Ursprung auch nur von ihm selbst hergeleitet worden, zu verschmelzen und aus beiden eine allgemeine Verordnung zusammenzustellen; Gneisenau ging noch einen Schritt weiter, er dachte daran, das ganze Volk, die Gesammtkräfte der Nation zu dem bevorstehenden Vernichtungskampfe anzuspannen. Ein äußeres Zeichen des gemeinsamen Sinnes, die preußische Nationalcocarde, wurde den Männern vom zwanzigsten Jahre an zu tragen verliehen, ein Ehrenzeichen für Tapferkeit im Kriege am 10. März, dem Geburtstage der unvergeßlichen verewigten Königin Luise, gestiftet: das eiserne Kreuz, ein Sinnbild der Zeit, ernst wie diese, für alle Krieger bald der höchste Ehrenpreis! Max von Schenkendorf singt von ihm so schön: „Denn nur Eisen kann uns retten — und erlösen kann nur Blut!" — Kein anderer Orden sollte während dieses Krieges verliehen werden — daher sein hoher Werth in unseren Tagen der Ordenfluth. — Sechs Tage später erfolgte die Kriegserklärung an Frankreich, und einen Tag darauf, am 17. März, der Aufruf des Königs: „An mein Volk!" Er erinnerte an die Leiden, welche das Land erduldet hatte, an die ruhmreichen Zeiten des Großen Kurfürsten und des Großen Friedrich, an das Beispiel kleinerer Völker, welche für die edelsten Güter gegen mächtigere Feinde gekämpft und den Sieg errungen; er verhehlte die Opfer nicht, welche von allen Ständen gefordert werden müßten, und schloß mit den Worten: „Aber welche Opfer auch von den Einzelnen gefordert werden mögen, sie wiegen die heiligen Güter nicht auf, für die wir streiten und siegen müssen, wenn wir nicht aufhören wollen, Preußen und Deutsche zu sein! Es ist der letzte entscheidende Kampf, den wir bestehen für unser Dasein, unsere Unabhängigkeit, unsern Wohlstand; keinen andern Ausweg giebt es, als einen ehrenvollen Frieden, oder einen ruhmvollen Untergang. Auch diesem würdet Ihr getrost entgegengehen, um der Ehre willen, weil ehrlos der Preuße und der Deutsche nicht zu leben vermag. Allein wir dürfen mit Zuversicht vertrauen: Gott und unser fester Wille werden unserer gerechten Sache den Sieg verleihen, mit ihm einen sichern, glorreichen Frieden und die Wiederkehr einer glücklichen Zeit." Gleichzeitig erließ der König einen Aufruf an sein Kriegsheer. Der neueste Geschichtsschreiber der deutschen Freiheitskriege nennt ihn kernhaft, würdig und seinem Zwecke vollkommen angemessen. Den Verfasser desselben hat man bis jetzt nicht gekannt, während als Verfasser des Aufrufs an das Volk der Staatsrath von Hippel, Sohn des Regierungspräsidenten, welcher als genialer Schriftsteller geachtet ist, allgemein bekannt wurde. Wir können den Zweifel lösen. Der Aufruf an das Heer ist von dem Könige selbst verfaßt; der Entwurf dazu, von des Königs Hand auf das leere Blatt eines Hardenberg'schen Berichts geschrieben, ist noch vorhanden: wer Friedrich Wilhelm den Dritten nur einmal etwas länger hat sprechen hören, wird keinen Augenblick daran zweifeln, daß der Aufruf von Ihm selbst entworfen ist, er wird die Ausdrucksweise, die kurzen, kernigen Sätze, in welchen der König sprach, darin wiederfinden. Weniger bekannt in weiteren Kreisen, lautete er: „Vielfältig habt Ihr verlangt, des Vaterlandes Unabhängigkeit zu erkämpfen. Die Zeit ist da.

Freiwillig eilen von allen Seiten Jünglinge und Männer zu den Waffen. Was bei diesen freier Wille, das ist bei Euch Beruf, und wozu jene sich erbieten, das ist das Vaterland berechtigt von Euch zu fordern. Seht, wie so Viele Alles verlassen, was ihnen theuer ist, um ihr Leben mit Euch der Sache des Vaterlandes zu weihen. Fühlt also doppelt Eure Pflicht! Seid ihrer eingedenk am Tage der Schlacht, wie bei Entbehrungen, Mühseligkeiten und innerer Zucht! Des Einzelnen Ehrgeiz verschwinde im Ganzen. Wer für das Vaterland fühlt, denkt nicht an sich. Euer König bleibt immer bei Euch! mit ihm der Kronprinz und die Prinzen seines Hauses. Sie werden mit Euch kämpfen. Der Sieg aber kommt von Gott. Zeigt Euch seines Schutzes würdig durch Gehorsam und Treue. So haben unsere tapferen Bundesgenossen ihre Unabhängigkeit errungen: sie vertrauten ihrem Herrscher, ihren Führern, ihrer Kraft — und Gott war mit ihnen. Vertrauen auf ihn, Muth und Ausdauer sei auch unsere Losung!" Das war die Sprache des Königs an seine Truppen. Wie dieser Aufruf sein eigen, so hat er auch den Wahlspruch der Landwehr: „Mit Gott für König und Vaterland!" selbst bestimmt, gegen den Vorschlag des Freiherrn von Stein, welcher den Spruch: „Wehrlos, ehrlos!“ haben wollte. Der König verwarf ihn, weil er nicht dem ganzen Volke verständlich sein werde, mit Recht. Ferner wurde ebenfalls am 17. März die wichtige Verordnung über die Bildung der Landwehr für den ganzen Staat unterzeichnet, sie fügte dem ostpreußischen Entwurfe noch Cavalerie hinzu, erweiterte die Bestimmung der Landwehr auch für den Feldkrieg außerhalb ihrer Provinz, und behielt dem Könige spätere Eintheilung derselben, so wie (außer in Preußen) die Genehmigung für die Besetzung der höheren Officierstellen vor. Die genauesten Vorschriften über die innere Organisation, Ausrüstung und Ausbildung waren hinzugefügt.

An demselben Tage, wo in Breslau der König diese drei inhaltschweren Kundgebungen erließ, und im Beisein des Kaisers Alexander, der am 15. angekommen war, die Truppen vor ihrem Abmarsch musterte, hielt in Berlin der General York seinen Einzug. — Hatte die Bevölkerung den Kosaken zugejauchzt, als sie wild durch die Straßen sprengten und die geängstigten Franzosen vor sich hertrieben, hatte sie dem russischen General Wittgenstein, den sie als ihren Befreier ansah, beinahe königliche Ehre erwiesen, so empfing sie nun den preußischen Feldherrn, dessen That der glorreiche Wendepunkt für Preußen geworden, mit dem höchsten Enthusiasmus. York war nach der anfänglichen Mißbilligung seines Schrittes wieder in all' seine Ehren eingesetzt, ein Kriegsgericht hatte ihn freigesprochen, der König ihn durch Cabinetsordre schuldlos erklärt und ihm den Oberbefehl auch über die Corps der Generäle von Bülow und Borstell übertragen. Zum Einmarsch nach Berlin führte er aber nur sein Corps, Bülow blieb an der Oder stehen, Borstell schloß Stettin ein. Vor dem Bernauer Thore standen die Truppen in Rendez-vous-Stellung. Prinz Heinrich, Bruder des Königs, begleitet vom General Wittgenstein und Fürsten Repnin, dem russischen Gouverneur der Stadt, mit einem zahlreichen Gefolge von russischen Generälen und Officieren, ritt hinaus, um sie einzuführen. Viele freiwillige Jäger zu Pferd, die sich seit dem Abmarsche der Franzosen wieder angesammelt hatten, und die Kosakenescorte des Oberfeldherrn schlossen den glänzenden Zug. Eine zahllose Menschenmenge war aus der Stadt herbeigeströmt und füllte innerhalb derselben alle Straßen bis zum Schloß und weiter zum Brandenburger Thor. Die Truppen präsentirten, die Fahnen senkten sich unter dem Schalle der kriegerischen Instrumente; dann setzte sich der Prinz an die Spitze, York mußte zwischen ihm und Wittgenstein reiten; ihnen folgte zunächst die zahlreiche Suite, und dieser in gemessenem Abstande das Corps in Marschcolonnen, die Cavalerie voran. Diese hatte noch die combinirten Regimenter, wie sie für den Feldzug formirt worden waren; die befohlene Wiedervereinigung mit den zurückgebliebenen Abtheilungen war bei der Reiterei noch nicht möglich gewesen. Sobald das Thor passirt war, verließ York den Prinzen, um sich nun seinerseits vor seine Truppen zu setzen. Stolz und freudig blickten diese auf die jubelnden Volksmassen, auf die aus allen Fenstern wehenden Tücher — nur der Feldherr ritt, unbewegt von diesen Freudenbezeugungen, mit kalter und strenger Miene voran. Am Standbilde des Großen Kurfürsten auf der Brücke war das Musikcorps der Bürgergarde, deren Stab mit dem Prinzen geritten war, aufgestellt, sie empfing jedes Regiment mit einem schmetternden Tusch, welchen die Menge tausendstimmig begleitete. Dann marschirten die Truppen auf dem Schloßplatz in Zügen auf; der Prinz und General Wittgenstein mit ihrem Gefolge hielten vor dem Schlosse, auf dessen Balcon die Prinzessinnen mit ihren Damen erschienen. Hier fand der Vorbeimarsch in Parade statt. Parademäßig sahen freilich die Uniformen nicht aus, für welche noch nicht viel hatte geschehen können, desto kriegerischer und kräftiger war die Haltung der Truppen, die eben einen Krieg mit Ehren bestanden hatten und dem neuen mit Ungeduld entgegenblickten. General York war zufrieden mit ihnen.

„Nun, Drobisch, das war ein herzerhebender Anblick!" sagte Herr von Neuhauß zu dem alten Förster, mit welchem er am Fenster einer ihm bekannten Familie den Zug gesehen hatte.

„Ja!" erwiederte der Förster aus tiefster Brust. Er wollte noch mehr sprechen, aber er konnte es nicht, er war zu bewegt und schämte sich dessen nicht. Bei den wohlbekannten Klängen der Hornmusik, mit welcher das ostpreußische Jägerbataillon an der Tête der Infanterie dahermarschirte, war ihm das Herz in der Brust aufgehüpft, und helle Thränen waren ihm über die Backen gelaufen. „So'n alter Kerl!" sagte er bei sich, aber er konnte sich nicht helfen, er hätte weinen mögen wie ein Kind. Dem Jägerhorn war er selbst so lange Jahre auf dem Marsche wie im Gefechte gefolgt, und diese Grünröcke, die aus dem alten Fußjägerregiment hervorgegangen waren, erschienen ihm wie liebe Kameraden, zu denen er noch gehörte!

Mußte er denn wirklich zu Hause bei den Weibsleuten bleiben, war er denn so erbärmlich invalid, da der Isegrimm, sein Chef, der doch älter als er war, noch immer so stramm und eisern wie sonst vor der Front erschien?

Neuhauß konnte vielleicht das Gefühl, das den Veteranen bewegte, nicht in seinem ganzen Umfange würdigen, aber er ehrte dasselbe durch Schweigen. — „Es wird doch nun gleich vorwärts gehen?" fragte der Alte endlich. „Nicht etwa wieder Halt! Hahn in Ruh'! nun sie die richtige Front genommen haben?"

Noch wußte man in Berlin nicht, daß der Krieg endlich erklärt war; erst am 23. März brachte die Zeitung, welche überhaupt nur dreimal in der Woche erschien, Alles auf einmal, was in Breslau seit acht Tagen geschehen war, und der Volksgeist entfaltete nun erst einen Aufschwung, wie die Geschichte kein gleiches Beispiel aufzuweisen hat.

Neuntes Kapitel.

Im ganzen Lande nur Ein Gefühl! „Krieg schallte es von den Karpathen bis zur Ostsee, vom Niemen bis zur Elbe; Krieg rief der Edelmann und der Landbewohner, der verarmt war, Krieg der Bauer, der sein letztes Pferd unter Vorspannen und Fuhren todt trieb; Krieg der Bürger, den die Einquartierungen und Abgaben erschöpften, Krieg der Tagelöhner, der keine Arbeit mehr finden konnte; Krieg die Wittwe, die ihren einzigen Sohn in's Feld schickte; Krieg die Braut, die den Bräutigam zugleich mit Thränen des Stolzes und der Freude entließ!" In diesen Worten Arndt's, zu jener großen Zeit geschrieben, ist die Stimmung des ganzen Volkes eben so wahr als schön ausgedrückt. Alle Stände betheiligten sich an dem hohen Werke, ihr Unterschied war ausgeglichen in dem gemeinsamen Streben für das Vaterland, sie kämpften in Reih' und Glied vermischt, im gleichen Rock der Hochgeborne neben dem schlichten Handwerksmann, der Gebildete neben dem Bauer, der Reiche neben dem armen Tagelöhner, der greise Lehrer, der Beamte neben dem kaum den Knabenjahren entwachsenen Jüngling.

Zu den Waffen! Zu den Waffen! Die Jugend voran — dem ersten Rufe des Königs waren schon Tausende gefolgt, vor Allem hatte sein Ruf dort gezündet, wo große Gedanken, gehegt durch die Wissenschaft, durch das unsterbliche Gedächtniß der hohen Thaten des Alterthums, genährt in der befruchtenden Luft akademischer Freiheit, am Schnellsten zur That reifen, nun aber drängten sich die Streiter aus allen Schichten des Volks in die Reihen der Vaterlandskämpfer, selbst Männer, welche ihr Amt im Staatsdienst, ihr Beruf und Geschäft oder Familienverhältnisse und Lebensgewöhnung hätten an das Haus fesseln sollen. Es mußte bei dem allgemeinen Aufstande, damit nicht die ganze Verwaltung des Staats leide, schon eine Stimme der Mahnung an andere Pflichten mäßigend laut werden. Die Zahl der Freiwilligen wuchs in schwellendem Strome; Viele, deren Jugend oder körperliche Schwäche dem Drange ihres Geistes nicht entsprach und sie unfähig für den Krieg machte, mußten abgewiesen werden und kehrten traurig heim; Andere, denen die Mittel fehlten, sich auf eigene Kosten auszurüsten, mußten dem Wunsche, unter die freiwilligen Jäger oder die Freicorps von Lützow, Petersdorff, Reiche zu treten, entsagen und sich bei den neuformirten Reservebataillonen des stehenden Heeres melden. Aber auch diesen Bedürftigen kam die allgemeine Opferfreudigkeit helfend entgegen; die Gaben von allen Seiten für die Streitmacht des Vaterlandes und den Nationalkrieg flossen in nie geahnter Fülle, und nicht die Erhebung in Waffen allein, auch die Bereitwilligkeit, Hab' und Gut für die heilige Sache zu opfern, ist für die spätesten Geschlechter ein Ehrengedächtniß und leuchtendes Vorbild, ein aller Berechnung spottender Beweis, was ein Volk, ob es auch an Zahl geschwächt, an Mitteln bis auf das Mark von fremder Gewalt ausgesogen ist, zu leisten vermag, wenn es mit ganzer Seele sich am Kriege für seine eigenen höchsten Güter betheiligt. „Meine Sache ist die Sache meines Volkes!“ hatte Friedrich Wilhelm bei der Verordnung für die Landwehr gesagt. — Was konnte die Regierung, was konnte der Staat bei seinen erschöpften Kassen thun, wenn ihm nicht die

Bereitwilligkeit des Volkes zur Beschaffung der Kriegskosten, welche bei den gesetzlich anzuordnenden Steuern und Lasten, selbst nachdem die Bekleidung und Verpflegung dem Lande auferlegt worden, noch immer unerschwinglich blieben, mit den reichsten Gaben entgegenkam? Welche Höhe dieselben im Ganzen erreicht haben, ist niemals ermittelt worden und läßt sich jetzt nicht mehr ermitteln. Nur Einiges davon haben die Zeitungen berichtet. Dennoch wäre es für das fünfzigjährige Gedächtniß des deutschen Ehrenjahres ein schönes Denkmal, wenn wenigstens Alles, was sich darüber noch ermitteln läßt, zusammengestellt und öffentlich bekannt gemacht würde — zum Gegensatze dazu, als ewig brennende Mahnung — wie der Stachelgürtel, den einst fanatische Büßer auf dem bloßen Leibe trugen, eine gleiche Zusammenstellung aller Verluste an Privat-, Gemeinde- und Nationaleigenthum, welche in der schmachvollen Zeit der Franzosenwirthschaft die schwere Hand des Fremden unserm deutschen Vaterlande zugefügt hat! Fühlt sich kein Statistiker im patriotischen Interesse dazu berufen? Geld war es nicht allein, was gespendet wurde, Geld war nicht bei Allen vorhanden, welche ihr Scherflein beitragen wollten zum guten Werke, so brachten sie denn, was sie besaßen, an Geldeswerth: die Vermögenderen ihre Schmucksachen, ihr Silbergeschirr, selbst bis zu den Löffeln, für welche nun geringeres Metall genommen wurde, die Grundbesitzer Getreide, Schlacht- und Zugvieh, Pferde, die Kauf- und Geschäftsleute Tuch, Leder, Leinwand, Eisen, fertige Stiefeln und Wäsche, Jeder nach seinen Kräften, auch Geringeres, das noch verwerthet werden konnte. Es bildeten sich Vereine, welche diese Gaben in Empfang nahmen und ihrer Bestimmung zuführten, in Berlin schon am 6. März, gleich nach dem Abzuge der Franzosen, in Breslau desgleichen, hier unter dem Vorsitze des Commissionsraths Heun, welchen der Staatskanzler dazu bestellt hatte. Sein Name ist in der Literatur später bekannt genug und eine Zeit lang hoch gefeiert worden als H. Clauren, seine Vaterstadt war damals noch sächsisch, Dobrilugk in der Lausitz. Nach seinem Zeugniß sind in den Monaten März und April allein in Breslau an jedem Tage durchschnittlich tausend Thaler an baarem Gelde eingekommen! Die Gesammtheit aller freiwilligen Gaben des Landes kann nur nach Millionen berechnet werden, Schmucksachen allein sind wenigstens hundertsechzigtausend Stück gespendet worden. Am Werkthätigsten bei diesen Opfern der edelsten Liebe bewiesen sich die Frauen, unvergängliche Ehre sei ihnen dafür! In Berlin bildete sich ein Frauenverein von acht Prinzessinnen, unter der Leitung der Prinzessin Wilhelm von Preußen, Marianne, geborenen Landgräfin von Hessen-Homburg, einer der edelsten und hochsinnigsten deutschen Frauen, welche noch lange Jahre hindurch eine Zierde des preußischen Königshofes war, an Geist und Gesinnung der verewigten Königin nahe verwandt, hochgeachtet im Lande und aufrichtig betrauert, als sie starb. Möge als schönes Denkmal ihr Aufruf an die Frauen zur Gründung des Vereins hier seine Stelle finden:

„Das Vaterland ist in Gefahr! Männer und Jünglinge ergreifen das Schwert; Alles strömt zu den Fahnen und rüstet sich zum blutigen Kampfe für Freiheit und Selbstständigkeit. Aber auch wir Frauen müssen mitwirken, die Siege befördern helfen, auch wir müssen uns mit den Männern und Jünglingen einen zur Rettung des Vaterlandes. Darum gründe sich ein Verein, der „Frauenverein," zum Wohl des Vaterlandes. Gern stellen wir uns an die Spitze desselben. Nicht blos baares Geld wird dieser Verein, als Opfer gebracht, annehmen, sondern jede werthvolle Kleinigkeit — das Symbol der Treue, den Trauring, die glänzende Verzierung des Ohres, den kostbaren

Schmuck des Halses. Gern werden monatliche Beiträge, gern Materialien, Leinwand, gesponnene Wolle und Garn angenommen und selbst unentgeltliche Arbeit als Opfer angesehen werden. Alles, was auf diese Art gesammelt wird, gehört dem Vaterlande. Diese Opfer dienen dazu, die Vertheidiger, die es bedürfen, zu bewaffnen, zu bekleiden, auszurüsten, und wenn die reiche Wohlthätigkeit der Frauen uns in den Stand setzt, noch mehr zu thun, dann sollen die Verwundeten gepflegt, geheilt und dem dankbaren Vaterlande wiedergegeben werden, damit auch von unserer Seite das Große, das Schöne erfüllt werde, damit das Vaterland, das in Gefahr ist, auch durch unsere Hülfe gerettet werde, sich neu gestalte und durch Gottes Kraft aufblühe."

Mit Begeisterung wurde der Gedanke von der Frauenwelt aufgenommen, von der Fürstentochter, die ihren Ueberfluß hingab, bis zu dem ärmsten Dienstmädchen, das Nichts zu geben hatte, aber sich zur Arbeit erbot. Das junge Mädchen in Breslau, dessen glänzendes Beispiel bisher ohne den Namen bekannt geworden, war die Tochter eines verabschiedeten, in ärmlichen Umständen lebenden Oberstlieutenants von Schmettau, Ferdinande. Der Vater, obgleich alt und schwächlich, hatte sich beim Aufrufe des Königs wieder zum Eintritt in das Heer gemeldet, war aber von dem Monarchen, der seine Verhältnisse kannte, mit Rücksicht auf seine Kinder und seine Gesundheit unter gnädigster Anerkennung abschläglich beschieden worden. Da gab Ferdinande, noch nicht völlig erwachsen, aber beseelt von glühender Sehnsucht, auch Etwas zu spenden, ihr wunderschönes blondes Haar, das man ihr schon abzukaufen versucht, für eine geringe Summe hin, um diese ihrerseits dem Vaterlande zu weihen. Ein Freund ihres Hauses, welcher das erfuhr, kaufte das Haar wieder zurück, und ließ nun, indem er die That allgemein bekannt machte, aus den schönen Flechten allerlei kleine Schmucksachen, Ringe, Schnüre, Armbänder, fertigen, welche reißend gekauft wurden, so daß der Erlös dafür zweihundertfünfzig Thaler betrug. Der Name des edlen Kindes war schon in Vergessenheit gerathen, als die Kunst ihre That vor Kurzem zum Motiv eines Gemäldes wählte, das nun von einem andern Maler angekauft und der Nationalgallerie in Berlin geschenkt worden ist; es wurde bekannt, daß das Fräulein von Schmettau noch lebe, und bei der fünfzigjährigen Gedächtnißfeier des 17. März ist sie denn auch eingeladen und hoch geehrt worden.

Trauringe kamen in großer Menge ein, die ersten von Stettin. Man kam auf den Gedanken, den Spenderinnen dafür eiserne zu verabfolgen mit der Umschrift: „Gold gab ich für Eisen!“ — und noch heute werden viele solcher eisernen Trauringe in den Familien aufbewahrt.

Dem thatkräftigen Beistande der Frauen in allen Theilen des Landes ist kein geringes Verdienst an der Förderung der Sache des Vaterlandes beizumessen. Selbst die vornehmsten Damen, nachdem sie von ihrem Reichthum die größten Opfer gebracht hatten, verschmähten es nicht, mit ihrer Hände Arbeit noch mehr Gutes zu schaffen, Kranke und Verwundete mit edler Selbstverläugnung zu pflegen, und die Prinzessin Wilhelm hat darin das vorleuchtendste Beispiel gegeben. Fünfzig Jahre sind seitdem verflossen, und nur wenige Mitglieder jenes Frauenvereins leben noch — alljährlich ehren sie noch an den beiden Gedächtnißtagen der Schlachten, welche Berlin gerettet haben, Groß-Beeren und Dennewitz, die wenigen noch übrigen Mitkämpfer durch ein Festmahl, Greisinnen jetzt und Greise! Es thut uns immer weh, wenn der Alles ironisirende Ton unserer modernen „Humoristen“ auch diese Gelegenheit zu wohlfeilem Witz nicht vorübergehen läßt!

Was war nun geschehen, um den Riesenkampf, den Volkskrieg aufzunehmen und ihn, dafern es nöthig würde im Fall einer ungünstigen Wendung, bis an den eigenen Hof und Herd fortzusetzen, und endlich doch mit Gottes Hülfe den Sieg zu erringen? Laßt uns schauen, was der schöpferische Geist eines Scharnhorst, die Feuerseele eines Gneisenau gethan, um die aufgerufene Volkskraft in die rechten Bahnen zu lenken und der Welt das erhebende Beispiel eines ganzen Volkes in Waffen zu geben; hören wir, was die Tüchtigkeit eines York, Bülow, Borstell und Anderer, denen die Ausführung übertragen war, geleistet hat!

Das kleine Heer, dessen Hälfte im russischen Feldzuge stark gelitten hatte, war durch Einziehung der Beurlaubten und Reserven auf Kriegsstärke und dadurch auf 55000 Mann gebracht worden. Aus den Mannschaften, welche Scharnhorst's treffliches System unausgesetzter Rekrutenausbildung und Entlassung Algtedienter im Lande verfügbar gemacht, konnten sofort 52 Reservebataillone formirt werden: 42,000 Mann. Wie die Provinz Preußen, so stellte auch Pommern und Schlesien jedes ein National=Cavalerieregiment, wodurch die Linie um 1600 Pferde vermehrt wurde. Die For=

mation der freiwilligen Jägerdetachements schritt rasch vor, viele derselben konnten gleich bei der Eröffnung der Feindseligkeiten mit den Regimentern, denen sie zugetheilt waren, ihren ruhmvollen Antheil am Kampfe nehmen, alle waren noch vor dem Waffenstillstande fertig; ihre Gesammtstärke kann auf 10,000 Mann für den Feldzug von 1813 angenommen werden, für die folgenden, Abgang und Zuwachs gerechnet, noch höher. Das Linienheer erhielt durch diese neuen Formationen eine Stärke von fast 110,000 Mann. Für den Partheigängerkrieg, welcher dem Feinde empfindlichen Schaden thun und in seinem Rücken wirken, auch die Bewegung durch ganz Deutschland tragen sollte, wurden von tüchtigen Officieren, denen des Königs Vertrauen die Erlaubniß dazu gegeben hatte, Freicorps gebildet. Wer kennt nicht „Lützow's wilde verwegene Jagd", die sich in Schwarz, statt in Grün gekleidet und die Schaar der Rache nannte! Ihr strömten, sobald dazu aufgerufen wurde, die Freiwilligen besonders zahlreich zu; Theodor Körner, der begeisterte Sänger der Freiheitskriege, hat ihr Gedächtniß unsterblich gemacht durch seine Lieder und seinen Heldentod; Jahn, der Altvater der Turner, führte ihr viele seiner Freunde und Genossen zu. Daß sie den Erwartungen nicht durch große, leuchtende Thaten entsprochen hat, lag nicht an ihren tapferen, vom besten Kriegsmuth beseelten Streitern, sondern, wie so oft, an der Führung und Verwendung — auch am Glück! Außer den Lützowern wurden noch andere Freicorps gebildet; das stärkste war das vom Oberstlieutenant von Reuß aus den ehemaligen preußischen Landestheilen des Königreichs Westphalen zusammengebrachte Corps. Man kann diese Schaaren im Ganzen wohl auf 5000 Mann schätzen! Die bedeutendste Vermehrung der Kriegsmacht war aber die Landwehr, Scharnhorst's eigenste Schöpfung, da auch der Organisationsplan der preußischen Stände auf seine bereits im Jahre 1807 und 1808 ausgesprochenen Ideen, welche Clausewitz, sein damaliger Adjutant, in seinen zu Königsberg 1813 entstandenen Entwurf aufgenommen hatte, begründet war: darum die große Uebereinstimmung desselben mit seinem eigenen zu Breslau. Die Landwehr konnte freilich im Anfange des Krieges noch nicht im Felde erscheinen, weil ihre Bildung erst im Waffenstillstande vollendet wurde, dann aber stellte sie 126,000 Mann. Der Abschluß des Waffenstillstandes, für die Verbündeten, um ihre Rüstungen zu vollenden, eine dringende Nothwendigkeit, war aus demselben Grunde Napoleon's größter

Fehler und sein Verderben. Stellt man Alles zusammen, was Preußen, in seinem beraubten Zustande ein Staat von kaum fünf Millionen Einwohnern, der nach dem gewöhnlichen Procentsatz von 1—1½ nur etwa 75,000 Mann unter den Waffen halten konnte, in dem Ehrenjahre 1813 aufgebracht hat, so ergiebt sich die riesenhafte Zahl von 250,000 Streitern — fünf Procent der Bevölkerung! Welches Volk der alten und neuen Zeit kann sich einer gleichen Kraftanstrengung rühmen! Freilich war diese Macht bei Weitem noch nicht gerüstet, als der Krieg eröffnet wurde, im Felde konnten, weil die Festungen, die der Feind noch besetzt hielt, blokirt werden mußten, und die Landwehr noch nicht fertig war, wenig über 50,000 Mann verwendet werden, und auf eine andere Mitwirkung als die der Russen, welche, bedeutend geschwächt, kaum eine gleiche Stärke über die Grenze senden konnten, war vor der Hand nicht zu rechnen. Darum gingen die Männer, welche die Natur des bevorstehenden Krieges am Klarsten erkannten, noch weiter, und Gneisenau war es, der in Gemeinschaft mit Scharnhorst den großartigsten Plan für die Befreiung des Vaterlandes entwickelte. Nicht die Linie, nicht die Landwehr allein sollten das hohe Werk hinausführen, sondern jeder Preuße mußte mit allen Kräften sich am Kampfe betheiligen. Niemand hat diese Nothwendigkeit so gewaltig gefühlt und ausgesprochen, als Gneisenau, und die Denkschrift, welche er und Scharnhorst gemeinschaftlich einreichten, giebt das schönste Zeugniß für die Energie dieses ausgezeichneten Mannes, der neben dem volksthümlichen Helden Blücher dem Kriege die unaufhaltsam vorwärts strebende Kraft verliehen hat: Blücher unmittelbar dem Heere, Gneisenau mittelbar den leitenden Gedanken. Wir theilen aus dem Original der Denkschrift, ohne deren ganzen Inhalt im Zusammenhange zu geben, die wichtigsten Stellen mit: „Ein Krieg, wie der gegenwärtige, ist kein gewöhnlicher Krieg. In einem solchen Kampfe muß die höchste Anstrengung entwickelt werden. Jeder Staatsbürger, er gehöre zur Armee oder nicht, muß daran Theil nehmen, sei es auf mittelbare oder unmittelbare Weise. — Nur eine solche Anordnung, welche die Gesammtkräfte der ganzen Nation in Bewegung setzt, kann den Thron und die Unabhängigkeit sichern. Die Sicherheit des Königs und der Nationalunabhängigkeit nur allein den stehenden Heeren anzuvertrauen, ist immer gefährlich, zumal bei einem Gegner, wie der ist, der uns entgegensteht, der Alles wagt, um

Alles zu gewinnen. Sollte abermals das Glück in einigen Schlachten gegen uns entscheiden, so wird er uns zertrümmern, wofern wir nicht jetzt schon die sämmtlichen Nationalkräfte gegen ihn aufbieten. Ohne eine solche Entwickelung aller uns zu Gebote stehenden Vertheidigungsanstalten, die nicht allein das stehende Heer, sondern auch die physischen und moralischen Kräfte der gesammten Nation in Anspruch nimmt, können wir nicht für den Erfolg stehen. — Es scheint demnach nöthig, daß jeder Staatsbürger gehalten sein müsse, dem andringenden Feinde mit Waffen aller Art sich zu widersetzen, seinen Befehlen und Ausschreibungen nicht zu gehorchen, und wenn der Feind solche mit Gewalt beitreiben wollte, ihm durch alle nur irgend aufzubietende Mittel zu schaden. — Kein königlicher Beamter, kein Magistratsmitglied darf in dem Bezirk bleiben, wohin der Feind vordringt. Wer es dennoch thut, ist seiner Stelle entsetzt, und wenn er sich, freiwillig oder gezwungen, zu des Feindes Diensten gebrauchen läßt, des Todes schuldig. — Diese Bestimmung begreift auch den Adel in sich. Ihm geziemt es am Wenigsten, eine Gemeinschaft mit dem Feinde zu haben. Wer dennoch so ehrlos ist, sich ihr nicht zu entziehen, soll seines Adels entsetzt werden. —

Die Hauptstadt muß am Willigsten sein, den übrigen Städten das Beispiel zu geben. Wofern nicht mehr als das Doppelte an Zahl ihrer wehrhaften Einwohner gegen sie anrückt, soll sie durch jedes nur erdenkliche Mittel vertheidigt werden, sowohl außerhalb im weiteren Umkreise, als an dem unmittelbaren Umfange und auch in der Stadt selbst. Mehrere der großen Prachtgebäude lassen sich füglich in Citadellen umschaffen, und es ist besser, daß sie in Trümmer fallen, als daß sie fremden Tyrannen dienen. — Unsere Nation ist durch lange getragenes Unglück reif zu solcher Kraftäußerung."

Daß diese Denkschrift in ihrer gewaltigen Sprache, welche vom ganzen Volke, außer der geregelten Kriegsmacht, noch einen Kampf auf's Messer forderte, auch von Scharnhorst, dem klaren und verständigen Manne, unterzeichnet wurde, daß er ihre Ideen zu den seinigen machte, beweist, wie das große Princip, alle Staatsbürger zur Vertheidigung des Vaterlandes zu verpflichten, vollständig anerkannt war. Auf diese Eingabe an den Staatskanzler wurde das Gesetz über die Bildung des Landsturms begründet. Aber in seinem ganzen Umfange erwies es sich als unausführbar. Die vorgeschrittenen Cultur- und socialen Verhältnisse des Volkes widersprachen ihm: es gehörte dazu die Entfesselung der rohesten und wildesten Naturkräfte, die dämonische Gewalt eines patriotischen Fanatismus, der selbst die Zertrümmerung aller errungenen Besitzthümer von materiellem und idealem Werthe nicht scheut, und den entsetzlichen Gräueln, die ein solcher Krieg bis in die Familien hineinträgt, im Verzweiflungskampfe gewachsen ist. Schon beim Einbruch der Franzosen in Schlesien zeigte sich, daß darauf nicht zu rechnen war; in der Mark wiederholte sich das. Berlin wäre wie ein Saragossa geworden, und die Wehrkraft des Volkes reichte, auch ohne diese letzten furchtbaren Mittel aufzubieten, hin, den Riesenkampf siegreich zu Ende zu führen!

Dazu gehörte aber die Erhebung Deutschlands. Die verbündeten Monarchen fühlten wohl, daß ohne die Mitwirkung Oesterreichs, ohne die Theilnahme des gesammten deutschen Volks der Kampf zu schwer sein würde, aber sie hofften darauf und erließen in diesem Sinne einen Aufruf an die Deutschen. Darin wurde verkündigt: „Rußlands siegreiche Heere und mit ihnen die des Königs von Preußen ziehen nur zu dem Zwecke heran, den Fürsten und Völkern Deutschlands die Rückkehr der Freiheit und Unabhängigkeit, unveräußerliche

Stammgüter der Völker, wiederzubringen, die ihnen durch fremde Gewalt entrissen worden. Sie vertrauen dabei auf einen allwaltenden, gerechten Gott und hoffen auf den Beistand der Deutschen. Möge Jeder, der dieses Namens würdig bleiben will, sich ihnen anschließen, er sei Fürst oder Edler oder Mann des Volks! Vor Allem fordern sie treues Mitwirken von den Fürsten. Daß sich Keiner unter ihnen finde, der fortan noch abtrünnig der deutschen Sache, sich reif zeige der verdienten Vernichtung durch die Kraft der öffentlichen Meinung und die Macht gerechter Waffen. Der Rheinbund, diese trügerische Fessel, das Werk fremden Zwanges, kann ferner nicht geduldet werden, die Auflösung desselben kann nicht anders als in den bestimmten Absichten der beiden Herrscher liegen. Die neue Gestaltung Deutschlands bleibe seinen Fürsten und Völkern überlassen, sie möge aus dem ureigenen Geiste des Volkes hervorgehen. Der Kaiser von Rußland, der die Waffen ergriffen, um jeden fremden Einfluß zu vernichten, wird sich begnügen, seine schützende Hand über das neue Werk zu halten. Frankreich, stark und schön durch sich selbst, soll in seinen rechtmäßigen Grenzen unangetastet bleiben. Möge es an seiner innern Wohlfahrt arbeiten, aber die

Ruhe der anderen Völker nicht mehr stören. Diese wieder zu erobern, das ist der Zweck des Krieges, und nicht eher sollen die Waffen niedergelegt werden, bis der Grund zur Unabhängigkeit aller Staaten gelegt und gesichert ist."

Dieser Aufruf blieb jedoch ohne unmittelbare Wirkung. Denn wie mächtig auch davon berührt viele deutsche Herzen im gemeinsamen deutschen Vaterlande der Stunde der Befreiung entgegenschlugen und nur das Zeichen ihres Fürsten, wie es Friedrich Wilhelm gegeben, zur Erhebung erwarteten, so harrten sie doch vergebens. Bis jetzt hatten sich nur die Herzöge von Mecklenburg vom Rheinbunde losgesagt und den Verbündeten gegen Napoleon angeschlossen — schon vor jenem Aufrufe. Oesterreich wartete die Ereignisse ab und wollte eher vermitteln. Die deutschen Könige! Galt nicht auch von ihnen das Wort, welches Davoust dem Könige Murat, Napoleon's Schwager, als dessen Treue zu schwanken schien, dreist in den Bart geschleudert hatte: „wem verdankten sie ihre Königskronen? Und wenn Einer von ihnen, Friedrich August von Sachsen, weniger deshalb, als aus deutscher Gewissenhaftigkeit und Redlichkeit, den geschlossenen Vertrag nicht brechen wollte, der Zweite, Hieronymus von Westphalen, nur mit

Napoleon seine undeutsche Herrschaft über zusammengewürfeltes Raubgebiet behaupten konnte, die süddeutschen Könige, Max von Bayern und Friedrich von Würtemberg, Napoleon's früheste Bundesgenossen in siegreichen Kriegen, von ihm bevorzugt, und außer an Truppenstellung auch in ihren Ländern geschont, noch keinen Grund zum Abfall, keine Wahrscheinlichkeit seines Erliegens vor den russisch-preußischen Waffen erkannten — was konnten ihre Völker thun? Wie durften gar die kleineren Staaten, welche noch im Bereiche Napoleon's waren, deren Truppen noch theilweise mit den Franzosen in Spanien, in den polnischen und preußischen Festungen standen, einen Schritt wagen, der sie mit Vernichtung bedrohte? Vereinzelt nur und auf verborgenen Wegen konnten sich die Söhne des deutschen Volkes aufmachen und unter die Fahnen stellen, welche für Deutschlands Sache entrollt waren. Die Truppen der Rheinbundsfürsten gehorchten ihrer Soldatenpflicht. Bei den Sachsen war zwar die Stimmung den Franzosen nicht günstig, ihr König, der gern seine Neutralität bewahren wollte, hatte sie, etwa 10,000 Mann stark, in Torgau zusammengezogen, und diese Festung beiden kriegführenden Partheien gesperrt, als aber General von Thielmann, ihr

Befehlshaber, einen Monat später einen ähnlichen Schritt wie York thun, ja noch weiter gehen und mit seinem Corps auf die Seite der Verbündeten treten wollte, konnte er bei der entschiedenen Abgeneigtheit der Generale und Officiere seine Absicht nicht einmal zum Vortrag bringen. Noch fester zu Napoleon standen die bayerischen und würtembergischen Truppen; die Kriegstüchtigkeit und der Waffenruhm, den sie unläugbar unter seiner Führung gewonnen, schien sie, trotz der wachsenden Verstimmung, wie mit demantenen Ketten an die französischen Adler gefesselt zu haben. Wo aber im Lande die vaterländischen Truppen nicht einen festen Kern und Halt für eine, wenn auch noch so begeisterte Volkserhebung bieten, an welchen sich die eilig gebildeten, noch nicht durch Disciplin gekitteten Schaaren ihrer jungen, ungeübten Streiter anschließen können, bis sie selbst erstarkt sind, da ist die Erhebung gegen geregelte feindliche Kriegsmacht ein hoffnungsloses Beginnen, in welchem nur die Kraft und das Blut des Volkes vergeudet wird. Im Norden von Deutschland sollte sich diese alte Wahrheit nur zu bald von Neuem bekunden. Hier, in den Landestheilen von Westphalen, in den zum französischen Kaiserreiche geschlagenen

Küstengebieten, in den ehemaligen Hansastädten, deren Handel durch Napoleon's Continentalsperre vernichtet war, herrschte die größte Gährung, die sich, nachdem die Kunde von dem Kosakenstreiche auf Berlin hierher gedrungen war, schon in den ersten Märztagen durch wiederholte Tumulte kundgegeben hatte. Die Wacht- und Zollhäuser waren zerstört, die kaiserlichen Adler herabgerissen und beschimpft, französische Zöllner, die verhaßten Douaniers, gemißhandelt, einer oder zwei erschlagen worden; man hatte den Maire mit Steinwürfen verjagt, das Haus eines Polizeibeamten verwüstet, auf einigen Schiffen schon die alte Hamburger Flagge wieder aufgezogen! Doch waren diese Aufstände leicht unterdrückt und einige der Schuldigen erschossen worden. Die Aufregung und Erbitterung wuchs dadurch immer mehr und führte denn bei der Annäherung der Russen zu jener Erhebung gegen die Fremdherrschaft, welche aus Mangel an Unterstützung ein so schreckliches Ende nahm.

Fassen wir endlich den Feind in's Auge! Napoleon, der nach Paris geeilt war, hatte die Zeit, welche man ihm gelassen hatte, trefflich benutzt. Mit aller Energie seines Riesengeistes, mit aller Macht seines unbeschränkten Herrscherwillens hatte er die Kräfte, die ihm noch zu Gebote standen, zusammengefaßt. Die Kriegsverfassung mit ihrem unvergleichlichen Mechanismus, die er seinem Kaiserreiche gegeben hatte, bot ihm eine Heeresreserve, welche unerschöpflich schien, und ließ die Reorganisation und Verstärkung seiner Armeen zauberschnell von Statten gehen. Der Senat votirte ihm neue 350,000 Mann, und als die Kriegserklärung Preußens erfolgte, noch 180,000 Mann — also 530,000 Franzosen zu den noch in Deutschland, sowohl im Felde, wie in den Festungen der bereits geräumten Landstrecken stehenden Resten der großen Armee, die auf wenigstens 80000 Mann anzuschlagen waren, zu den Truppen, welche in Italien und von den Rheinbundsfürsten neu gebildet wurden. Jene ungeheuere Menschenzahl nach so vielen verlustreichen Kriegen in Frankreich aufzubringen, war zwar unmöglich, aber immer noch blieben die Rüstungen gewaltig und gingen schneller, als in Preußen. Täglich musterte der Kaiser Truppen in Paris, täglich gingen deren nach Deutschland ab, wo die Rheinbundsfürsten an ihre Pflicht gemahnt wurden. Noch konnte er auf sie rechnen und hatte ihren Contingenten bei der neuen Eintheilung seiner „großen Armee" bereits ihre Stellen angewiesen. Zum russischen

Kriege hatte er elf Armeecorps gebildet, jetzt zwölf, damals vier Cavaleriecorps, jetzt fünf — sie waren freilich schwächer, und manche Regimenter, welche gänzlich aufgerieben waren, mit ihrer Nummer offen gelassen, während die neugebildeten fortlaufende Nummern erhielten, aber die große Zahl imponirte. Die kaiserliche Garde, Frankreichs Stolz, war wieder verstärkt und eine neue Formation, die gardes d'honneur, Freiwillige auf eigene Kosten, den preußischen ein Paroli! hinzugefügt worden. — Noch war das Band, welches Oesterreich an Napoleon knüpfte, nicht zerrissen, und sein Schwager Murat, der den Heerbefehl nach der Abreise des Kaisers eigenmächtig niedergelegt hatte, um seine Krone aus dem sinkenden Schiff zu retten, mußte die Warnung, vorsichtig zu sein, wenn er König bleiben wolle, jedenfalls beherzigen. Schon Davoust hatte dem einst mit ihm Gleichgestellten, als er seine Absicht geäußert, mit Heftigkeit gesagt: „Die Beherrscher von Oesterreich und Preußen seien es von Gottes Gnaden, er aber nur König durch Napoleon's Gnade und französisches Blut! Daß mit Schweden, wo sein ehemaliger Marschall Bernadotte Kronprinz war, Unterhandlungen gepflogen wurden, wußte Napoleon wohl, aber sein Scharfblick erkannte, daß er an diesem keinen gefährlichen Feind haben werde, und Dänemark, von England gewaltthätig behandelt, mußte ja treu am französischen Bündnisse halten. Wenn daher der Kaiser im Frühlinge auch nur mit 130,000 Mann wieder in Deutschland erscheinen konnte, so stießen hier die wiederorganisirten alten Heerestheile, welche der Vicekönig von Italien an der Elbe vereinigt hatte, zu ihm, und die noch besetzten Festungen in Polen, Preußen und dem übrigen Deutschland, deren Besatzungen zusammen gewiß 60,000 Mann betrugen, mußten die Wiedereroberung des Verlorenen und die Züchtigung Preußens für den Abfall erleichtern. So nahm Napoleon die Kriegserklärung Preußens ruhig auf, ließ sie mit der Nachricht von dem Vordringen des Feindes gegen die Elbe in seiner Reichszeitung bekannt machen, und die stolzen Worte hinzufügen: „Und wenn die Russen und Preußen auf dem Montmartre ständen, so würde Frankreich nicht gewillt sein, auch nur ein Dorf von seinen Eroberungen abzutreten!“ — Er, der Meister der Kriegskunst, der schon in seinem ersten Feldzuge als junger General von siebenundzwanzig Jahren mit einem kleinen Heere die glänzendsten Siege über seine weit stärkeren Feinde errungen hatte, war auch jetzt des Sieges gewiß! Um denn in Deutschland den Feldzug rasch zu eröffnen, die Rheinbundsfürsten in ihrer guten Gesinnung zu unterstützen und ihre neugebildeten Streitkräfte den seinigen einzufügen, wurde das Mainthal, von Frankfurt aufwärts, zur Aufstellung der französischen Hauptarmee bestimmt. Nur die Sachsen hielten sich auf Befehl ihres Königs, der sich aus der Nähe der Franzosen von Regensburg nach Prag begab, noch immer in Torgau zurück, und die Bayern blieben innerhalb ihres Landes zur Beobachtung Oesterreichs, eine Division von ihnen stieß aber auch zu den Franzosen. Auf Seiten des Unterdrückers deutscher Selbstständigkeit standen also immer noch viel deutsche Krieger, und es war traurig, daß der Kampf für Deutschlands Freiheit im Anfange theilweise ein Bruderkampf von Deutschen gegen Deutsche werden mußte, bis endlich Alle sich zu Deutschlands Ehre für Eine Sache schaarten.

Gegen die kolossale Macht Napoleon's, was hatten die Verbündeten in das Feld zu führen? Konnten sie ihm einen ebenbürtigen Feldherrn entgegenstellen? Oder hatten sie wenigstens das Uebergewicht der Zahl? Keins von Beiden! Kutusoff gegen Napoleon! Wohl hatte man nicht umhin gekonnt, ihm den Oberbefehl über die vereinigten Heere zu vertrauen, aber er lag krank, Tormasoff befehligte einstweilen die russische Hauptarmee für ihn. Das in Schlesien gebildete Heer, welches durch 10,000 Russen unter Winzingerode verstärkt wurde, führte Blücher, den Scharnhorst vor Allen dazu vorgeschlagen hatte. Wittgenstein in der Mark hatte auch über die preußischen Corps von York, Bülow und Borstell den Befehl erhalten. Die ganze Streitmacht, welche nach Abzug der zur Einschließung der Festungen bestimmten vorläufig im Felde verwendet werden konnte, betrug nur wenig über 100,000 Mann, welchen, ohne die noch nicht verwendbaren Corps, mindestens 120,000 Mann entgegentraten, mit einem Napoleon an der Spitze.

Zehntes Kapitel.

Wie die flatternden Sturmvögel den Schiffern den nahen Aufruhr der Elemente und die drohende Gefahr verkündigen, so gaben den Franzosen damals die Kosaken in ungehemmten Streifzügen auf dem ganzen rechten Elbufer von Magdeburg aufwärts bis Dresden den sich vorbereitenden Kriegssturm kund. Oberst Tettenborn aber und General Benckendorff wandten sich, sobald Berlin von den Franzosen verlassen war, gegen die untere Elbe, und brachen hier frisch in das französische Kaiserreich ein, das seine Polypenarme bis nach Lübeck und Lauenburg gestreckt hatte. Der französische General Morand verließ Schwedisch-Pommern und zog sich auch gegen die Elbe zurück, er konnte mit seinen 3000 Mann die schwache Besatzung von Hamburg verstärken, aber die Bürgerschaft der volkreichen Stadt hatte seit den letzten Unruhen und dem ihnen folgenden Strafgericht eine so drohende Haltung angenommen, daß Carra St. Cyr, welcher hier befehligte, am 12. März übereilt die Stadt räumte und sich nach Bremen zurückzog. Die Behörden, noch immer kaiserlich französische, hielten durch Ermahnungen und gute Maßregeln die Ordnung aufrecht, als aber Tettenborn am 13. in Lauenburg, der ersten französischen Stadt, eingerückt war und die Einwohner jubelnd die Adler abgerissen und die hannoverschen Wappen angeschlagen hatten, als Morand, im Anmarsch auf Hamburg, von den Dänen davon abgehalten und bei Bergedorf, wo er die Elbe überschritt, von Tettenborn, der ihm nachsetzte, am 17. mit Erfolg angegriffen worden war, sandten Maire und Präfect eine Deputation an den russischen Obersten, der ihnen seinen Schutz unter der Bedingung versprach, daß sie sich von Frankreich lossagen und ihre alte deutsche Verfassung wiederherstellen würden. Es war ein großer, wichtiger Entschluß, aber bei der hochgehenden Brandung des Nationalgefühls und des Bürgerstolzes in der reichen, einst so mächtigen Stadt wurde er gewagt. Hamburg war befreit! Es konnte ja von den Verbündeten nicht verlassen werden, es mußte auf Unterstützung von England in dessen eigenem Interesse und auch von Schweden rechnen: Hamburg durch seine Lage und seine unerschöpflichen Hülfsquellen war so wichtig! Tettenborn hielt denn am 18. März seinen Einzug, feierlich eingeholt von berittener Bürgerschaft, unter dem Geläute aller Glocken, von Abgeordneten des Senats mit den Schlüsseln der Stadt, von weißgekleideten Mädchen empfangen, unter Blumenregen und Kränzen und dem unaufhörlichen Hurrah und Jubelruf der Menge. Es war ein Triumphzug, wie der eines römischen Imperators auf das Capitol. So lange Hamburgs Wälle stehen, schrieb die Zeitung, ist solch' ein Tag der Freude nicht erlebt worden. Wie schwer mußte Hamburg, verlassen von Allen, auf die es gehofft hatte, nach kaum zehn Wochen unter Davoust's eiserner Faust den kurzen Traum und Rausch der Befreiung büßen!

Auch Lübeck und Lüneburg folgten dem Beispiele Hamburgs und die nationale Bewegung schien sich in ganz Niedersachsen ausbreiten zu wollen, als ihr wenigstens in Bremen Vandamme Einhalt that. Immerhin war es aber ein großer erster Erfolg, der zu den schönsten Hoffnungen berechtigte und auch als solcher in Berlin mit hundert Kanonenschüssen begrüßt wurde.

Der König erschien jetzt wieder in seiner Hauptstadt. In Schlesien waren die Truppen nach feierlicher Einsegnung in Marsch gesetzt worden. Mit Gott wurde das Werk überall angefangen. Das Volk in seinem tiefen Elende hatte den Herrn, bei dem allein Hülfe in jeder Noth zu finden ist, wieder erkennen gelernt; Gottesfurcht und echte Frömmigkeit, in gewissen Schichten nur zu sehr durch fremden Einfluß von Frivolität und Entsittlichung verdrängt, war bei dem Ernste einer schweren Zeit zurückgekehrt, und so wirkte die Weihe der Religion, mit welcher die Krieger beim Ausmarsche in öffentlichem Gottesdienste entlassen wurden, mit heiliger Rührung, die härtesten Gemüther bis zu Thränen erschütternd, auf die Menge, welche der Feierlichkeit beiwohnte. So in Breslau, so in jedem Orte! Das Lützow'sche Freicorps wurde in der Kirche zu Rogau am Zobtenberge eingesegnet. Körner hat diese Feier in einem Briefe ergreifend beschrieben, er selbst hatte ein Lied dazu gedichtet, welches als Choral gesetzt zum Eingang gesungen wurde! „Dem Herrn allein die Ehre!" schließt jeder Vers. Nach der Weihrede ließ der Geistliche die Krieger schwören, für die Sache der Menschheit, des Vaterlandes und der Religion weder Blut noch Gut zu schonen und zu siegen oder zu sterben. Darauf warf er sich auf die Kniee und flehte Gott um Segen für seine Kämpfer an. „Bei dem Allmächtigen," schreibt Körner, „es war ein Augenblick, wo in jeder Brust die Todesweihe flammend zuckte, wo alle Herzen heldenmüthig schlugen. Der feierlich vorgesagte und von Allen nachgesprochene Kriegseid, auf die Schwerter der Officiere geschworen, und „Eine feste Burg ist unser Gott" bildeten das Ende der herrlichen Feierlichkeit, die zuletzt noch mit einem donnernden Vivat, das die Krieger der deutschen Freiheit ausbrachten, gekrönt wurde, wobei alle Klingen aus der Scheide flogen und helle Funken das Gotteshaus durchsprühten."

An demselben Tage, es war Sonnabend, am 27. März, fand auch in Berlin die gleiche Einsegnung bei dem York'schen Corps statt. Der König war von Breslau nach Potsdam zurückgekehrt und hatte am 24. März von Charlottenburg aus mit großem Gefolge seinen Einzug in Berlin gehalten. Preußische und russische Truppen bildeten längs der ganzen Chaussee, durch den Thiergarten, die Linden herauf bis zum Schlosse Spalier, eine Meile weit, und das Volk sah endlich den geliebten Herrscher, nachdem es von den Franzosen befreit war, in den Mauern seiner Hauptstadt wieder. Noch immer fehlte dem Brandenburger Thore sein schönster Schmuck, die eherne Siegesgöttin mit ihrem Viergespann, welche der feindliche Eroberer einst nach Paris entführt und den anderen zusammengeraubten Kunstschätzen zugesellt hatte. Nun aber war Hoffnung, sie wieder zu gewinnen. Jahn hatte das schon seinen Schülern eingeprägt mit der Ohrfeige, bei welcher sie daran denken sollten, wie sie die Victoria von Paris wieder holen würden. — Am 27. März traten die Truppen auf ihren verschiedenen Sammelplätzen an, im Lustgarten, auf dem Dönhofs- und Wilhelmsplatz und Leipziger Platz, auf deren jedem der Gottesdienst und die Einweihung stattfand. Als der Feldprediger Schulze, der noch heute lebt, im Lustgarten den Segen des Herrn sprach, durchbrach die Sonne, wie ein Zeichen der Gnade, die Wolken, welche bis dahin den Himmel bedeckt hatten. Die Feier war beendigt, da sprach York, welcher ihr in diesem Kreise beigewohnt, in kräftigen Worten zu den Truppen: nicht nur Tapferkeit, auch Geduld und Zucht sei des Soldaten Ruhm; durch ein edles, menschliches Betragen selbst gegen den Feind würden sie sich erst würdig machen, für die heilige Sache des Vaterlandes zu kämpfen. Keiner dürfe darauf rechnen, das Ende des Kampfes zu erleben, er sei freudig bereit, sein Leben für den König und das Vaterland dahin zu geben. Dann trat er noch vor die Front des Leibregiments, das sich besonders seine Gunst erworben hatte: „Soldaten!" redete er dasselbe besonders an, „jetzt geht's in den Kampf; Ihr sollt mich an Eurer Spitze sehen; thut Eure Pflicht; ich schwöre Euch, mich sieht ein unglückliches Vaterland nicht wieder!" Wie einst Friedrich der Große gethan, trug er seit diesem Tage Gift bei sich, um eine neue Schmach nicht zu überleben. Hatte die ganze Feier schon auf diesem, wie auf allen anderen Plätzen die Truppen, wie die dichtgedrängte Volksmenge mächtig bewegt und gerührt, so erhöhte die Rede des Feldherrn diese Stimmung bis zum Aeußersten. Der alte Oberst Horn, zu dessen Brigade das Leibregiment gehörte, stürzte dem General in die Arme und rief: er und das Regiment und gewiß Alle würden seinem Beispiele folgen. „Das soll ein Wort sein!" klang eine Stimme aus der Colonne, und alle Soldaten riefen es nach. So gewaltig hatte selbst den eisernen York, der in seiner Haltung fast immer streng und kalt war, der Moment ergriffen, daß er, aus dem Viereck der Truppen tretend, dem Volke, das, Kopf an Kopf gedrängt, den Platz bedeckte, mit erhobener Stimme zurief: „Zu den Waffen! Zu den Waffen!“ Ein tausendstimmiger Wiederhall gab ihm die Antwort.

Unmittelbar darauf formirten sich die verschiedenen Truppentheile des Corps zum Abmarsch. Der König setzte sich an die Spitze und geleitete sie aus dem Thore auf die Straße nach Potsdam. Am folgenden Tage erreichte die Avantgarde bereits die sächsische Grenze.

Nach dem verabredeten Kriegsplane sollte die Wittgenstein'sche Armee aus der Mark, die Blücher'sche aus Schlesien in Sachsen einrücken, und die russische Hauptarmee, die aber nur 25,000 Mann stark war, als Reserve folgen. Die Formation der Reservebataillone war so weit vorgeschritten, daß ein Corps aus solchen unter dem General von Tauentzien die Belagerung von Stettin, ein anderes unter Schöler die von Glogau übernehmen konnte, so daß dort Bülow's Truppen, hier die von Miloradowitsch zurückgelassenen Russen verfügbar geworden, jene zu Wittgenstein, diese zur russischen Hauptarmee stoßen konnten. Die letztere war dadurch auf 29,000, Wittgenstein's auf 40,000 Mann gewachsen, Blücher's Heer zählte 36,000 Mann. Früher aufgebrochen, als die Armee aus der Mark, hatte Blücher's Avantgarde auch die sächsische Grenze früher überschritten. In Dresden standen die Ueberreste des 7. französischen Corps unter Reynier, etwa 5000 Mann, meist Sachsen, nur etwa 1500 Franzosen dabei, wozu noch etwa 1000 Bayern und Würzburger kamen. Die Stimmung in ganz Sachsen war den Franzosen schon abgeneigt, sie wurde jetzt bis zur Erbitterung, zum Ausbruch gereizt. Reynier traf Anstalten zur Vertheidigung von Dresden, um den Elbübergang gegen den andringenden Feind zu behaupten, er erhielt Befehl, die Brücke zu sprengen. Die Elbbrücke zu Dresden ist ein herrliches Bauwerk aus dem dreizehnten Jahrhundert, welches sonst, auf vierundzwanzig Pfeilern ruhend, bis zum Schloß reichte, seit dem Bau der katholischen Kirche aber hier verkürzt worden ist und ihre jetzige Gestalt August dem Starken verdankt. Die Nachricht, daß die Brücke, Dresdens „Triumphbogen" von Jean Paul genannt, in ganz Europa berühmt, aufgesprengt werden solle, veranlaßte am 10. März einen wilden Tumult, der nur durch das Einschreiten des sächsischen Militärs und die Einstellung der Arbeiten an dem bedrohten Brückenpfeiler gestillt werden konnte. Dem General Reynier, welcher im Brühl'schen Palais auf der Augustusstraße, ganz in der Nähe der Brücke wohnte, wurden dabei die Fenster eingeworfen, obgleich er durch seine Humanität sonst bei den Sachsen, die er in Rußland geführt hatte, sehr beliebt war. Er zeigte sich auch jetzt edel, indem er den Aufruhr nicht die Bürgerschaft entgelten ließ, sondern nur die Bestrafung der Schuldigen nach den Landesgesetzen verlangte. Acht Tage später erschien jedoch der Marschall Davoust, der keine Schonung kannte, mit 6000 Mann Verstärkung in Dresden; er hatte Befehl, die Elbübergänge hier und bei Meißen nicht gegen die Uebermacht zu vertheidigen, wohl aber beide Brücken zu sprengen. Dreißig Bergleute wurden dazu von Freiberg geholt, sie mußten den vierten Pfeiler unterminiren und die Mine laden, mehr mit Quecksilber als mit Pulver, um eine große Explosion zu vermeiden. Drohende Bekanntmachungen und die starke Besatzung schüchterten das Volk ein, so daß es nicht mehr wagte, die Tag und Nacht fortgesetzten Arbeiten zu stören, welche von Wachen gedeckt wurden. Am 18. März, an demselben Tage, wo Tettenborn in das befreite Hamburg einzog, erschienen Kosaken von Winzingerode's Corps, das die Vorhut der Blücherschen Armee bildete, vor Dresden und plänkelten mit den französischen Feldwachen. Jetzt säumte Davoust nicht länger, seine vandalische Zerstörung auszuführen, welche er vom militärischen Standpunkte aus allerdings für eine Nothwendigkeit ansehen mußte. Bei Tagesanbruch am 19. März wurde den Einwohnern von Dresden auf seinen Befehl vom Rathe der Stadt bekannt gemacht, daß, sobald drei Kanonenschüsse fallen würden, Jedermann sich schleunigst nach Hause zu begeben und seine Wohnung nicht eher als nach drei Stunden zu verlassen habe. Um acht Uhr donnerten die drei Schüsse, um zehn Uhr wurde die Mine gezündet. Eine schwarze Dampfwolke legte sich über die Brücke, dann schoß ein weißer Strahl hindurch, dem eine helle Flamme folgte — ein Pfeiler und zwei Bogen stürzten in sich zusammen und wurden in die furchtbar aufbrausenden Fluthen der Elbe begraben.

Das Werk der Verwüstung war geschehen, dem Feinde der Uebergang wenigstens erschwert. Am 20. März, als Winzingerode mit dem Gros der Armee in Bautzen einrückte, zog Davoust von Dresden ab, wo er nur etwa 4000 Mann — blos deutsche Truppen! — unter dem französischen General Durutte zurückließ. Er selbst marschirte nach Meißen, wo er ebenfalls die Brücke zerstörte, und zog dann mit den Resten des bayerischen Corps der einstigen großen Armee, welche Graf Rechberg commandirte, nach Leipzig. Hier erhielt er vom Kaiser den Oberbefehl über die Streitkräfte an der Niederelbe, um die rebellischen Landestheile wieder zu unterwerfen und durch Schrecken im Zaume zu halten. In Dresden knüpfte Durutte sogleich Unterhandlungen mit Winzingerode an, um Zeit zu gewinnen. Rücksichten auf die Schonung der Stadt und überhaupt Sachsens bewogen Winzingerode, Zugeständnisse zu machen: die Russen besetzten am 22. friedlich die Neustadt, ohne die Altstadt zu beschießen; ein förmlicher Waffenstillstand auf vierundzwanzigstündige Kündigung machte es Durutte möglich, nach Zerstörung aller Fahrzeuge und Kähne mit seinen Truppen, selbst den Kranken, und dem gesammten Kriegsmaterial am 26. März ungehindert abzumarschiren. Auch Dresden, wie Hamburg und Lübeck, war nun von den Franzosen befreit. Es galt, den König von Sachsen und sein Volk für die gute Sache zu gewinnen, und in Westphalen eine Erhebung gegen den aufgedrungenen Herrscher zu bewirken.

Das Volk war in beiden Königreichen von deutscher Gesinnung beseelt und hätte sich gern für die Freiheit erhoben. Aber in Westphalen, das noch ganz in fremder Gewalt lag, war keine Möglichkeit dazu, von hier konnten nur Freiwillige zu den preußischen Freicorps sich stellen, ein Volksaufstand, zu welchem Wittgenstein schon aus Berlin am 16. März die Einwohner gerufen, zeigte sich nirgend. Anders hätte es in Sachsen kommen können, wenn nicht das Verhalten des Königs und Mißgriffe von Seiten der Verbündeten eine Erhebung des Volkes verhindert hätten. Von beiden selbstständigen Heerführern, Wittgenstein und Blücher, und merkwürdiger Weise an demselben Tage von Berlin und Bunzlau aus, am 23. März, wurden Aufrufe an die Sachsen erlassen. Der von Wittgenstein war im volksthümlichsten Tone gehalten und wußte auch die Treue des sächsischen Volkes zu seinem angestammten Herrscher zu benutzen. „Euer König wird Euch selbst dafür dankbar sein. Glaubt nicht, daß ich Euch von ihm abwendig machen wollte, ich will vielmehr die Bande zwischen Euch und ihm enger knüpfen; Ihr sollt einen freien König haben und freie Sachsen genannt werden! Auf! Auf! Bewaffnet Euch! Und wäre es auch nur mit Sicheln, Sensen und Keulen! Vertilgt die Fremdlinge von Eurem Boden!" Auch Blücher ermahnte sie, das verhaßte Joch abzuwerfen, sich mit ihm zu vereinigen, die Fahne des Aufstandes gegen die fremden Unterdrücker zu erheben und frei zu sein. Aber die ganze Sprache seines Aufrufs fand wenig Anklang, die Erwähnung des Landesherrn, der in fremder Gewalt sei, was thatsächlich nicht der Fall war, hatte einen anmaßenden Ton: „die Schritte beklagend, die zu thun eine verrätherische Politik ihn nöthigte, wollen wir eben so wenig sie ihm zurechnen, als sie Euch entgelten lassen." Es hieß freilich dann: „Nur für Euren Herrn wollen wir die Provinzen Eures Landes in Verwaltung nehmen." Dem widersprach aber, daß Blücher gleich beim Einmarsch in die Lausitz den Kottbusser Kreis wieder für Preußen in Besitz nahm. Derselbe hatte allerdings seit fast vierhundert Jahren zu Brandenburg und Preußen gehört, indem Kurfürst Friedrich der Eisenzahn von den Brüdern Reinhard und Luther von Kottbus ihre Herrschaft und Peitz von Hans von Waldow gekauft hatte, und noch jetzt werden diese Bezirke im Volke „die altpreußischen" genannt im Gegensatz der „neupreußischen" von 1815, aber sie waren doch durch einen förmlichen Friedensschluß an Sachsen abgetreten, und sie ohne Weiteres gewaltsam wieder zu nehmen, war nicht geeignet, die Sachsen zu gewinnen. Ueberdem lebten bei ihnen die Traditionen an den siebenjährigen Krieg noch in ungeschwächter Erinnerung: die Gefangennahme des sächsischen Heeres bei Pirna, die gewaltsame

Einstellung seiner Soldaten in preußische Regimenter, die wiederholte Rekrutenaushebung in Sachsen, ein grausamer Menschenfang, die Härte, mit welcher König Friedrich alle Vorstellungen der Stände zurückgewiesen! Eingewurzelte Abneigung, auf Leiden begründet, die nicht so schnell vergeben und vergessen werden, läßt sich nicht urplötzlich überwinden, und man muß deshalb mit dem sächsischen Volke nicht rechten, daß die große Masse dem Aufrufe Blücher's wenig Beifall schenkte, und nur die Einsichtigen erkannten, das hohe Ziel, Deutschlands Befreiung, sei allein durch den Anschluß an Preußen zu erringen. Feuriger noch und die Erhebung Deutschlands mit der Losung: Freiheit oder Tod! stärker betonend, klang Wittgenstein's zweiter Aufruf an die Sachsen aus Belzig vom 30. März, als seine Vortruppen bereits die Grenze überschritten hatten, und er selbst mit der Hauptmacht zu folgen im Begriff stand. Aber das sächsische Volk blickte nur auf seinen König, von ihm erwartete es das Zeichen und hoffte darauf, denn er hatte Napoleon auf wiederholte Forderung seine Truppen verweigert und seine Festungen den Franzosen verschlossen. Ein Wort von Ihm, und Sachsen hätte 10,000 tapfere Krieger in die Wagschale des Kampfes geworfen, sein

Volk hätte, wie das preußische, die Waffen ergriffen, für die übrigen Stämme ein Beispiel von unberechenbaren Folgen gegeben, und die Zukunft des Sachsenlandes wäre eine andere geworden!

Der März neigte sich zu Ende. Der Frühling war gekommen, die Natur schmückte sich mit der Farbe der Hoffnung — auch für den gerechten Krieg, welcher Deutschlands Ehre und Freiheit wiederherstellen sollte, war die Hoffnung frisch und freudig in alle echt deutschen Herzen eingekehrt. Das Schwert war gezogen, die Scheide weggeworfen. Noch hatte der Kampf nicht begonnen, und schon war viel erreicht. Die Gestade des deutschen Meeres waren für Deutschland wieder gewonnen, ganz Preußen und die Hälfte von Sachsen befreit — wenn hier und an der Niederelbe die ganze Volkskraft, wie in Preußen, zum Kampfe sich aufraffte, so konnte er nur von kurzer Dauer sein! Oesterreich mußte sich bald der deutschen Sache, welche auch des Kaiserhauses Ehrenpunkt war, mit voller Hingebung weihen, von ihm hing der Sieg ab, mit ihm wäre der ganze Süden Deutschlands sogleich in die glorreiche Bahn gerissen worden, und dann mußte Napoleon's Macht an diesen vereinigten Kräften zerschellen.

Was blickt Ihr nach fremder Unterstützung?

Deutschland bedarf ihrer nicht! Schaut nicht nach England hinüber, Ihr Kaufherren und Bürger der alten Hansastädte, helft Euch selbst, Ihr könnt es! Zu den Waffen das ganze Volk in dem nun schon befreiten Niederdeutschland! Keine langsame und dürftige Anwerbung von Freiwilligen für eine hanseatische Legion, kein unzureichendes Bürgercorps, greift nur tief in Eure strotzenden Säckel und knausert nicht: was Ihr jetzt engherzig spart, das nimmt Euch Davoust, der schon im Anmarsch ist, um sich mit Vandamme zu vereinigen, zwanzigfach ab und rühmt sich dann, Euch Nichts gelassen zu haben, als die Augen, Euer schönes Geld zu beweinen. Nehmt das Schwert selbst in die Hand, denkt an Eure streitbaren Vorfahren, welche den Namen der Hansa gefürchtet machten und den einst mächtigen Dänenkönig in seiner eigenen Hauptstadt zum Frieden zwangen. England hilft Euch nicht, wenn es keine Kriegsmacht bei Euch findet, die Erfolg verspricht und damit erst Vortheil. Schaut Ihr gar nach Schweden? Glaubt Ihr, der Franzose, welchem die Krone Gustav Wasa's bestimmt ist, werde je vergessen, daß er vor Allem Franzose ist, und daß ihm vielleicht, wenn er klug ist und Frankreich schont, eine viel schönere Krone zu Theil werden kann? Mit

Worten freilich war er freigebig genug! Er hatte schon im Januar dem preußischen Gesandten von Tarrach, dessen Bericht im Staatsarchiv liegt, erklärt, daß er im Mai mit 100,000 Schweden und Russen, die ihm der Kaiser Alexander zur Verfügung stellen wolle, in Norddeutschland erscheinen werde, er hatte Preußen vor der Politik Oesterreichs gewarnt, demselben vielmehr gerathen, den Blick nach einer andern Seite zu wenden. Er werde sich gern zum General des Königs erklären und, wenn es nöthig, den Krieg noch zwei Jahre länger führen, um Preußen diejenigen Entschädigungen zu verschaffen, welche ihm gebühren. Seine schwungreiche Phantasie hatte diese Erwerbungen auch gleich dem Gesandten vorgeführt: Franken, Ansbach und Baireuth, Würzburg, wenigstens die sächsischen Herzogthümer, vielleicht das Königreich Sachsen, die früheren Besitzungen jenseit der Elbe, alles Land zwischen Neckar, Main und Rhein, ganz Hessen, und wenn man einmal im guten Zuge sei, so würde man nicht so genau abwägen, was etwa sonst dem Könige anstehen möchte!! Im März nach der Kriegserklärung waren alsbald Unterhandlungen mit Schweden angeknüpft worden! Stein hatte vergeblich davor gewarnt, Schweden in den Bund zu ziehen. Schweden verlangte, daß Preußen ihm die Erwerbung von Norwegen garantire, wodurch Dänemark, das noch für die Verbündeten zu gewinnen war, Napoleon in die Armee getrieben werden mußte. Rußland übernahm es, Dänemark zu beschwichtigen, und bot ihm das ehemalige Königreich Holland und die Hansestädte in Norddeutschland an: es schaltete bereits willkürlich über deutsches Gebiet. Die Verhandlungen waren noch im vollen Gange, der Kaiser Alexander legte großes Gewicht auf den Beitritt von Dänemark, von welchem für den Augenblick die Behauptung des nördlichen Deutschlands an der Elbe, und vor Allem die Sicherung Hamburgs abhing. Dänemark war auch schon entschlossen, 10,000 Mann zum Schutze Hamburgs marschiren zu lassen, aber der Besitz von Norwegen mußte ihm garantirt werden, und England wie Rußland unterstützten Schwedens Forderung gegen Preußens Abmahnung, die auch der Anschauung Oesterreichs entsprach. Darum blieben die Dänen, wie die Schweden aus, England erwartete von Preußen, daß es Hamburg unterstützen werde, dies konnte aber keine Truppen dahin entsenden — 200 Mann unter dem Hauptmann von Coucadou sind nicht nennenswerth — nur der Herzog von Mecklenburg-Schwerin ließ sein Garde-Grenadierbataillon dort einrücken. Hilf Dir selbst, armes Hamburg!

Das hatte den Hamburgern auch Tettenborn, ihr Befreier, gesagt. Hamburg, vor allen Städten des sich befreienden Deutschlands, müsse groß, würdig und kraftvoll gerüstet dastehen! Der Wille war gut, aber die That entsprach ihm nicht. Unterdessen war die Elbe an mehreren Punkten bereits von den Verbündeten überschritten. In Dresden hätte schon in aller Morgenfrühe nach dem Abmarsch Durutte's das Volk aus der Altstadt über die gesprengte Kluft auf der Brücke den herbeiströmenden Neustädtern die frohe Nachricht zugerufen, flugs waren Kosaken auf Leitern, die man angelegt und befestigt hatte, hinüber geklettert, und Kähne und Flöße, die sich vor der Zerstörung des Feindes gerettet, hatten ober- und unterhalb auch Infanterie übergesetzt. Auf zwei Floßbrücken folgte dann das ganze Winzingerodesche Corps und marschirte gegen Leipzig weiter. Blücher mit seiner Hauptmacht rückte ihm fast auf dem Fuße nach und blieb bis zum 3. April während des Durchmarsches seiner Truppen in Dresden, wo er bei der Immediat-Regierungscommission, die in Abwesenheit des Landesherrn eingesetzt war, allerdings wenig guten Willen fand.

Die mittlere Elbe war durch die Festungen versperrt; in Torgau standen die Sachsen, deren Partheinahme noch zweifelhaft war, Wittenberg hielten die Franzosen besetzt, nach Magdeburg hatte der Vicekönig von Italien sein Hauptquartier verlegt und hier am linken Ufer drei Armeecorps, 40,000 Mann, versammelt, mit denen er wohl einen Keil zwischen die beiden getrennt in Sachsen eindringenden Heere der Verbündeten einzutreiben vermochte, um sie aufzuhalten, bis der Kaiser, der noch in Paris weilte, an der Spitze seiner Hauptmacht, die sich bei Würzburg allmälig zusammenzog, den neuen Feldzug beginnen konnte.

An der untern Elbe aber wurde aus den Partheigängern, welche die Unternehmungen nur zersplitterten, ein kleines Corps vereinigt, dessen Führung der edle Dörnberg unternahm, der kürzlich zum General ernannt worden war. Es bestand aus Russen, fast nur Cavalerie, denen ein pommersches Füsilierbataillon und eine halbe preußische Batterie beigegeben waren: im Ganzen 1100 Mann Infanterie, 2000 Pferde und 6 Geschütze. Dörnberg, dessen Name in Hannover und Hessen einen guten Klang hatte, erhielt den Auftrag, über die Elbe zu gehen und das Land durch seine Erscheinung und seine Verbindungen weithin zum

Aufstande zu bewegen; General Benckendorff war ihm untergeordnet. Zu seiner Unterstützung rückte Tschernitscheff nach. Ende März gingen diese Führer an zwei Punkten über den Strom und drangen in der Altmark ungehindert vor.

So war denn Alles in Bewegung, und daheim gingen die Rüstungen, getragen von dem nachhaltigsten Feuereifer des Volkes, der noch mit jedem Tage wuchs, ihren raschen Gang. Mit fieberhafter Ungeduld wurden Nachrichten von der Armee, wurde der erste deutsche Kanonenschuß erwartet, der den blutigen Kampf eröffnen sollte. Je stiller und einsamer sonst die Gegend war, desto begieriger jetzt der Drang zu wissen, was draußen vorging. Das abgelegene Wedderin war nicht von den Truppenzügen, obwohl sie nicht allzuweit davon die sächsische Grenze überschritten, berührt worden, doch hatte es sich der alte Förster nicht versagen können, wenigstens das nächste Marschquartier, wo „York'sche" lagen, zu besuchen, und war dort, als er sich als ehemaliger Oberjäger kundgab, mit Jubel aufgenommen worden. Seine Frage, ob die freiwilligen Jäger bei den schwarzen Dragonern schon eingerückt seien, hatte ihm aber hier Niemand beantworten können. Durch Herrn von Neuhauß erhielt er diese Antwort bei seiner Heimkehr. Der Neffe des alten Herrn, welcher bei jenem Regiment stand, hatte vom Marsche aus den weiten Ritt nicht gescheut, um ihn auf eine Stunde wiederzusehen, und war von ihm über Alles ausgefragt worden.

„Sie werden erwartet, alter Freund!“ beruhigte der Gutsherr den Förster. „Mit dem ersten Gefecht ist es nicht abgemacht — die freiwilligen Jäger werden ihren Theil Ruhm noch pflücken.“

„Gott gebe nur, daß das erste Gefecht glücklich ausfällt!“ sagte der Förster. „Das ist für den ganzen Krieg das Wahrzeichen.“

Ende des ersten Bandes.

CPSIA information can be obtained
at www.ICGtesting.com
Printed in the USA
LVHW110106200422
716647LV00003B/91

9 783752 597158